Das Paradies der *Grand-Mère*

Das Paradies der Grand-Mère

Photos:

Yves Duronsoy

Aus dem Französischen von

Irène de Font-Verger

Hädecke Verlag

Die Übersetzerin dankt
den Studentinnen und Studenten ihres Übersetzungsseminars
an der Universität Straßburg für die engagierte Mitarbeit:
Sabine Bösl, Gabrielle Kuhn, Andreas Kunz,
Marie-Thérèse Lindauer, Gisela Mauerer.
Ohne ihre Hilfe wäre das Manuskript nicht rechtzeitig abgeschlossen worden.

Unseren Großmüttern
Lila und Albertine gewidmet

Inhalt

Vorwort

»Das verlorene Paradies ist nur für jene erreichbar, die sich daran erinnern«

André Hardellet, *Die Schwelle zum Garten*, 1986

Erinnerungen an Kindheit, Häuser, Orte, die nun in meiner Erinnerung ineinander verschmelzen. In dem Haus meiner Kindheit wurde der Fußboden mit Kernseife geschrubbt wie die Brücke eines Schiffs, und wir durften barfuß darauf gehen.

Der Eingang war finster, das Büro war rot, aber in den übrigen Räumen war Weiß vorherrschend. Große Vorhänge aus naturfarbenem Leinen dämpften das Licht und an den Wänden hingen Kleinodien.

Es war ein Haus, in dem viel geschrieben wurde: überall standen Becher mit Füllern, Bleistiften und Radiergummis, aber auf den Schreibtischen gab es nur eine einzige Tintenfarbe: Grün, wie das Grün der Hoffnung. Es wurde auch viel gelesen und das Buch beherrschte alles: Bis zur Decke reichten die Regale und selbst um die Betten wurden Bücher gestapelt – sie füllten den ganzen Raum aus.

In der Luft schwebte ein Duft von Geranien, Nachthyazinthen und Sandelholz. Die ätherischen Öle kaufte man in Grasse, abgefüllt in Aluminiumfläschchen, die mit rotem Wachs versiegelt waren. Diesen gemischten Ölen entströmte ein sehr spezieller Duft, wenn sie auf Glühbirnen geträufelt wurden.

In der Küche roch es nach Kräutern, Chilischoten und Gewürzen, nach Früchten und Marmelade aus wild wachsenden Brombeeren. Dort hatte sich Tongeschirr aus der Provence, aus Marokko und Spanien angesammelt, dazu alte, sehr verschiedenartige Gläser. Die Gerichte, die in dieser Küche zubereitet wurden, schienen stets aus fernen Orten zu stammen, obwohl es sich immer um Rezepte aus der Normandie, dem Burgund oder aus Lothringen handelte.

Der Garten war der Bereich der Eltern und der Kinder. Neben den Rosensträuchern grub man Knoblauchzehen ein, damit die Blüten ihre Farbe noch prachtvoller entfalteten. Auch wenn die Kürbisse sich nicht wie bei Aschenputtel in Kutschen verwandelten, so schienen sie mir doch riesig und mein Großvater kannte eine Zauberformel, um sie schneller wachsen zu lassen! Winden umrankten die Gartenlaube und die Fensterläden und auf dem Rasen wuchsen Butterblumen.

Den Sommer verbrachten wir in der Provence, am Mittelmeer. Am Strand sammelten wir bunte, vom Meer glattgeschliffene Glasscherben, die wir im Winter auf die Gardinen aufstickten: Ähnlich wie alte indische Saris verwandelten sie sich in farbig wehende Kirchenfenster.

Das Haus meiner Kindheit gehörte einer Frau, die die Freuden des Alltags immer neu entdecken konnte und für die das Glück in den einfachsten Veränderungen wohnte.

Sie verstand es, die kalte Dusche in dem alten Waschhaus zu einem Vergnügen zu machen. Dort übergoss man sich mit Wasser aus einem Krug, der mit einem ganz schlichten Blumenmuster verziert war. An die Bäume hängte sie so viele Laternen, wie es Glühwürmchen in der Nacht gab, damit die Dunkelheit etwas Magisches bekam und den Wölfen, die sich vielleicht dort versteckten, Angst einflößte.

Jedes Jahr strich sie das Haus mit einem Kalkputz, der bei allen Besuchern weiße Spuren hinterließ. Aber sie war auch fasziniert von den lebhaften Farben aus Indien und Mexiko, mit denen sie mich kleidete. Die Decke meines Schlafzimmers verwandelte sie, um mir glückliche Träume zu bescheren, in einen azurblauen Sternenhimmel wie in einer Kapelle. In meinem Bett fühlte ich mich wie eine Prinzessin, denn es war in ein Moskitonetz drapiert. In der Nacht duftete es nach Zitronenmelisse, denn Zitronenmelisse vertreibt Insekten.

Sie konnte nähen, sticken, eine alte provençalische Steppdecke vom Flohmarkt in Nizza flicken, aber auch einen alten Schrank abbeizen und wieder herrichten.

Sie hatte einen erlesenen Geschmack, der manchmal zum Manierismus neigte, jedoch liebte sie auch das Schlichte und Natürliche. Für sie habe ich dieses Buch geschrieben, in Erinnerung an all das, was ich im Leben an ihrer Seite gelernt habe.

Die Welt der Feinschmecker

Die Kunst des Kochens ist, sowohl für den, der sich ihr widmet, als für den, der lediglich ihre Ergebnisse schätzt, ein Quell der Genüsse, sie erweckt in ihm Gefühle und Emotionen, deren Ursprung oftmals bis in die Kindheit zurückreicht. Natürlich denkt man unwillkürlich an Prousts Teegebäck, die kleinen Madeleines (auf Deutsch auch manchmal Bärentatzen genannt), die jede für sich »das gewaltige Bauwerk der Erinnerung« in sich tragen. Viel einfacher gesagt, ein jeder von uns hält so manchen Geschmack und so manchen Geruch in seinem Gedächtnis vergraben, die irgendwann durch Zufall wieder ins Leben gerufen werden. Obst, das in einem großen Kupferkessel zur Konfitüre schmort und im ganzen Haus seinen unvergleichlichen Duft verbreitet, geraspelte Schokolade auf einem Butterbrot oder eine Tasse Schokolade nach »Großmutters Art« in der Tasse schaumig geschlagen, Duftschwaden von geröstetem Brot und heißem Kaffee in den Morgenstunden: dies alles erzählt eine Geschichte, deren Geheimnisse jeder in der Erinnerung bewahrt.

Rückkehr vom Markt

In Paris auf dem Marché Saint-Germain hatte eine kleine Frau in einem dunklen Bauernkittel aus glänzendem Baumwollstoff ihren Stand. Sie bot alle Produkte ihres winzigen, einige Kilometer außerhalb der Hauptstadt liegenden Gartens zum Verkauf an. Da gab es roten Kopfsalat und allerlei Kräuter, in Spankörbchen – die mit Kastanienblättern ausgelegt waren, damit sie frisch blieben – Walderdbeeren und Himbeeren. Sie verkaufte auch die Blumen, die in ihrem Gemüsegarten wuchsen: Moosröschen, riesige flammende Dahlien …

Jeden Sommer, wenn wir nach Südfrankreich in den Urlaub fuhren, ließen wir uns erneut von dem Zauber der Märkte im Süden, in Vallauris oder Antibes, gefangen nehmen, vom Überschwang der Farben und Düfte, vom Akzent der Verkäuferinnen. Damals wurden frisch aufgeblühte Zucchiniblüten – woraus man in Nizza herrliche Beignets bäckt – nur auf den Märkten der Provence angeboten. In der Provence gab es auch manchmal einen grünen Salat mit ein paar leuchtenden orangefarbenen, roten oder gelben Kapuzinerkresseblüten – nicht nur fürs Auge ein Erlebnis, auch wegen des überrraschenden Pfeffergeschmacks –, oder mit himmelblauen Borretschblüten, die nach Gurke oder frischen Weizenkörnern schmecken …

Melone

Schwer und fest soll sie sein. Wiegen Sie sie in der Hand ab und zupfen Sie sachte am Stiel. Wenn die Melone den richtigen Reifegrad hat, löst er sich und eine kleine grüne Krone kommt zum Vorschein. Der Geruch darf nicht unangenehm vordergründig sein, sonst ist die Frucht überreif.

Zitrusfrüchte

Verwenden Sie nur unbehandelte Früchte zur Herstellung von Marmelade, Likör oder Sirup.

Damit die Zitronen länger frisch bleiben, werden sie in einer Salatschüssel mit kühlem Wasser übergossen, das regelmäßig erneuert werden muss. Mit dieser in Marokko angewandten Methode, hat man stets schön saftige Zitronen.

Werden sie vor dem Entsaften kräftig mit der Hand gerollt, ist der Saftertrag noch reichlicher.

LINKE SEITE
Die pikanten Kapuzinerkresseblüten ergänzen geschmacklich die milden Kopfsalatblätter und fügen eine hübsche farbige Note hinzu.

Rechte Seite
Ein Glas mit eingemachten Zitronen. Zuerst werden sie gesalzen, dann mit Olivenöl übergossen und anschließend mit Kräutern und Gewürzen aromatisiert: Pfeffer, Piment, Knoblauch oder Lorbeerblatt sind dazu bestens geeignet.

Trauben, Pflaumen und Mirabellen

Oft scheinen diese Früchte mit einer Art durchschimmernden Film überzogen zu sein: es ist der weiße Reif oder Duftfilm, ein Belag von »Mutter Natur«. Er zeugt von der Frische der Früchte.

Erdbeeren

~ Unter dem Wasserstrahl rasch spülen, dann erst den Stiel entfernen, sonst werden die Früchte wässrig.

~ Fehlt es ihnen an Geschmack, einfach den Saft einer unbehandelten Zitrone, mitsamt der abgeriebenen Schale, ein wenig gemahlenen Pfeffer, oder ein paar frisch gehackte Pfefferminzblätter dazugeben.

Blumenkohl

Schön rund und kugelig, perlmutterweiß und fleckenlos soll frischer Blumenkohl sein, ohne Geruch, und wie die Melone soll er schwer in der Hand wiegen.

~ Damit er schön weiß bleibt, geben Sie ein wenig Zitronensaft in das Kochwasser. Um den unangenehmen Kohlgeruch, der beim Kochen entsteht, zu unterbinden, gab früher unsere Großmutter ein Stück trockenes Brot oder einen Zwieback in das Kochwasser – allerdings ohne viel Erfolg. Einfacher ist es, nur ganz frisches Gemüse zu verwenden, und das Fenster offen zu lassen!

Lilas eingemachte Zitronen

1 kg kleine unbehandelte Zitronen oder Limetten (bzw. genügend Früchte um den Behälter zu füllen, den man gewählt hat)
ungefähr 20 g grobes Salz
2 Vogelaugenchilischoten
2 Lorbeerblätter
Pfefferkörner

1. Die Zitronen oder Limetten kreuzweise einschneiden, nicht ganz durchschneiden.
2. Die Schnittstellen mit grobem Salz füllen.
3. Die Zitrusfrüchte in einen zuvor mit kochendem Wasser ausgespülten Glasbehälter pressen.
4. Gewürz und Kräuter dazugeben. Mit kochendem Wasser und grobem Salz auffüllen.
5. Mindestens 3 Wochen mazerieren lassen. Dann können diese eingemachten Zitronen als Beilage in einem marokkanischen »Tajine« serviert werden, oder einem Schweine-, Hähnchen- oder Kaninchenragout ein ganz besonderes Aroma verleihen. Auch zu Fisch schmecken sie hervorragend.

Die Artischocke

Die Blätter müssen fest und schön grün sein. Es gibt ein einfaches Mittel ihre Frische zu prüfen: ein umgeknicktes Blatt bricht mit einem deutlichen Knacken und hinterlässt eine saubere Bruchstelle.

~ Die kleinen violetten Artischocken – die Franzosen nennen sie auch »poivrades« – werden roh gegessen, nur mit Salz (»à la croque au sel«), »à la barigoule« oder »farigoulette« (so nennt man den Thymian in der Provence).

~ Die runden Artischocken können nicht roh gegessen werden. Vor dem Kochen müssen die Stiele abgeschnitten werden, damit möglichst viele Fasern entfernt werden. In Frankreich wirft man diese Stiele weg, in Spanien hingegen, werden sie geschält, mit den Artischocken gekocht und dann mit einer Vinaigrette serviert.

~ Dass die Artischocke eigentlich die Blüte einer distelartigen Staude ist, wird oft vergessen. Wenn man versäumt, sie rechtzeitig zu schneiden, erblüht sie zu einer wunderschönen lilafarbenen Blume.

Um Artischocken länger frisch zu halten, behandelt man sie wie einen Blumenstrauß: man stellt sie mit den Stielen in eine Vase oder in ein großes Glas, und erneuert das Wasser jeden Tag.

~ Die gekochte Artischocke muss sofort gegessen werden. Bleibt sie mehrere Tage liegen, oxidiert sie und entwickelt Giftstoffe, selbst im Kühlschrank.

Bohnen

Beim Einkaufen sollten Sie die eine oder andere Bohne einfach brechen. Bei frischen Bohnen muss die Bruchstelle sauber sein und es dürfen sich keine Fäden bilden.

~ Vorhandene Fäden sollten mit den Fingern abgezogen werden. Mit dem Messer werden sie durchgeschnitten und es bleiben Restfäden.

~ Damit die frischen Bohnen schön grün bleiben, geben Sie dem Kochwasser einen halben Esslöffel Natron bei. Und vor allem: niemals den Kochtopf zudecken (das gilt auch für die Erbsen)!

~ Um Bohnen zu konservieren, kann man sie in einen Steinguttopf geben, schichtweise mit grobem Salz bestreut. Bevor sie zubereitet werden, müssen sie ausgiebig in klarem Wasser gespült werden, um das überschüssige Salz zu entfernen.

~ Bohnen, die knackig bleiben sollen (z. B. für einen Salat), werden, sobald sie gar sind, mit kaltem Wasser abgeschreckt.

~ Feuerbohnen sollen wirklich rosafarben gesprenkelt sein und keine rötlichen Flecken aufweisen; und die Wachsbohnen sollen leuchtend gelb sein.

Linke Seite
Artischocken bleiben länger frisch, wenn sie wie ein Blumenstrauß in Wasser gestellt werden.

Bild oben
Frische Feuerbohnenkerne sind für eine Pistou-Suppe eine unerlässliche Zutat.

Karotten

Früher brachte man die Karotten heil über den Winter, indem man sie in eine Holzkiste oder in einen Steinguttopf geschichtet und mit reichlich Sand bedeckt kühl lagerte.

~ Vorsicht! Gekochte Karotten müssen noch am selben Tag gegessen werden, denn sie oxidieren sehr schnell und dürfen dann nicht mehr verzehrt werden (besonders von Kleinkindern).

~ Das Beträufeln von rohen Karotten mit Zitronensaft verhindert die Oxidierung und das Auftreten einer unschönen braunen Farbe.

Kräuter

~ Bereits gepflückte Kräuter halten sich länger frisch, wenn sie in ein feuchtes Tuch eingewickelt und im Kühlschrank aufbewahrt werden.

~ Zarte Kräuter, wie frischer Koriander oder Basilikum, werden am besten kühl in einem verschlossenen Glasbehälter aufgehoben.

~ Will man Gewürzkräuter auf einfache Weise zerkleinern, gibt man sie in ein Glas und zerschneidet sie mit einer Schere, bis sie fein genug sind.

~ Eiswürfel mit Kräutern sind sehr praktisch, will man ein Ragout oder eine Suppe damit würzen: die fein gehackten Kräuter in die Eiswürfelbehälter geben und mit etwas Wasser anfüllen.

~ Es gibt gekräuselte und glatte Petersilie. Letztere ist der gekräuselten Sorte vorzuziehen, denn sie enthält viel mehr Aromastoffe. Gekräuselte Petersilie hingegen kann auf originelle Weise zubereitet werden: Man kann sie wenige Sekunden in siedendem Öl frittieren: Das passt gut zu Fisch oder zu einem Braten.

Kräutersalz

Um auch zur Winterzeit die aromatischen Gartenkräuter zu Verfügung zu haben, pflegte die Hausfrau einst, sie in Salz zu konservieren.

~ Einen sorgfältig geschlossenen Steinguttopf, abwechselnd mit einer Schicht Kräuter (Petersilie, Schnittlauch, Estragon oder Kräuter nach Marktangebot) und einer Schicht grobem Salz füllen. Nach Bedarf, eine Suppe oder einen Ragout damit würzen.

Basilikumsauce nach meiner Art

1 Bund frisches Basilikum
2 zerdrückte Knoblauchzehen
1/2 Glas kräftiges Olivenöl
100 g geriebener Parmesan
Pfeffer, Salz

1. Basilikumstiele entfernen, nur die zarten Blätter verwenden.
2. In den Mixer geben. Die zerdrückten Knoblauchzehen, das Öl und den geriebenen Parmesan beifügen.
3. Solange mixen, bis einer schön hellgrüne, cremige Sauce entsteht. Pfeffern und salzen.

Mit dieser Sauce werden selbst gemachte Teigwaren, Nudeln, oder auch eine Pistou-Suppe gewürzt.

Die Sauce bleibt über längere Zeit haltbar: Es genügt, sie in ein Marmeladenglas oder einen Glasbehälter zu geben und mit etwas Olivenöl zu übergießen.

Vergessen Sie nicht, Öl nachzufüllen, jedesmal, wenn Sie dem Behälter etwas Basilikumsauce entnommen haben.

Knoblauch

Reibt man das zu verwendende Kochgefäß mit einer rohen Knoblauchzehe ein, wird das Aroma des Knoblauchs erhalten, ohne dass lästige Verdauungsnachteile entstehen: eine Methode, die gern für das Kartoffelgratin angewendet wird.

Um Lammkeule oder Roastbeef mit Knoblauchzehen zu spicken, die Zehen spitz zuschneiden und möglichst waagerecht unter die Fleischhaut schieben, nicht etwa senkrecht, wie es oft getan wird. Auf diese Weise wird der Knoblauch besser und schneller gar.

Im Gegensatz zur Zwiebel, muss beim Knoblauch der Keim entfernt werden, sonst ist er schwer verdaulich. Um eine Knoblauchpaste herzustellen – die besonders gut zu gebratenem Fleisch schmeckt – brät man ein gutes Dutzend Knoblauchzehen »im Hemd« (mit der Haut) goldgelb. Wenn sie gar sind, braucht man das Innere nur noch herauszudrücken.

Die Zwiebel

An einem luftigen, aber vor Sonne und Feuchtigkeit geschützten Ort gelagert, bleiben Zwiebeln länger frisch.

Wenn sie keimen, braucht man die grünen Blätter nicht wegzuwerfen: sie lassen sich hervorragend als Gewürz in Salaten oder Eintopfgerichten verwenden. Im Winter kann man Zwiebeln zum Keimen bringen, wenn Schnittlauch selten und teuer geworden ist. Eine Zwiebel auf eine mit Wasser gefüllte Hyazinthenvase legen. In weniger als zehn Tagen liefert sie zahlreiche grüne Triebe, die Ihren Salaten eine pikante Note geben.

Bild oben
Knoblauch, zu dekorativen Zöpfen geflochten oder auch einzelne Knollen , finden sich auf jedem südländischen Gemüsemarkt.

Rechte Seite
Aus einer einfachen Zwiebel, die Sie zum Keimen auf eine Hyazinthenvase legen, schießen in wenigen Tagen grüne Triebe, die im Salat ähnlich wie Schalotte schmecken.

Eugénies Knoblauchsuppe

Dieses Rezept ist dem handgeschriebenen Kochbuch einer Urgroßmutter aus der Normandie entnommen. Eigentlich stammt es aus dem Béarn, und kann sowohl mit Knoblauch als auch mit Zwiebeln zubereitet werden. Den besonderen Pfiff gibt die Bindung mit einem Ei.

1 Esslöffel Olivenöl
5 geschälte und fein gehackte Knoblauchzehen
1 Esslöffel Mehl
1 Liter Wasser
1 Ei, getrennt
1 Esslöffel Crème fraîche
1 geröstete Brotscheibe pro Person
Salz, Pfeffer

1. Das Öl langsam in einem Kochtopf erhitzen und die gehackten Knoblauchzehen andünsten, bis sie goldgelb sind.
2. Sobald sie die richtige Farbe angenommen haben, das Mehl dazugeben und leicht anbräunen lassen.
3. Das Wasser zum Kochen bringen, mit dem Schneebesen unterrühren; das leicht geschlagene Eiweiß dazugeben. Salzen und pfeffern.
4. Etwa 10 Minuten kochen lassen.
5. Das Eigelb in eine vorgewärmte Suppenschüssel geben und mit der Sahne gut verrühren.
6. Mit der heißen Knoblauchsuppe auffüllen.
7. In jeden Teller eine geröstete Brotscheibe legen und die Suppe sogleich servieren.

Gewusst wie …

Ein einfacher Trick, um den an den Fingern haftenden Knoblauch- oder Zwiebelgeruch zu entfernen: die Finger unter fließendem Wasser vorsichtig über eine rostfreie Messerklinge streifen. Es wirkt garantiert!

Fisch

Auch in der Auslage des Fischhändlers muss Fisch – wenn er frisch ist – festes Fleisch, glänzende Schuppen und klare Augen aufweisen. Ein untrügliches Detail sind die Kiemen, die leuchtend rot sein sollen.

Auf den Märkten der Türkei werden die Fische mit nach außen gestülpten Kiemen angeboten, damit der Kunde die Frische der Ware beurteilen kann. Die Fische sehen aus, als wären sie mit seltsamen roten Nelken geschmückt …

Die Gräten werden mit einer Pinzette entfernt.

Das Abschuppen der Fische ist ein Kinderspiel mit einem passenden, selbst gebastelten Küchenhelfer: Nageln Sie ein paar Flaschenkapseln auf eine kleine Holzplatte. Die Zacken entschuppen schnell und sauber!

Die Konservierung der Lebensmittel

Als es noch keine Kühlschränke und Tiefkühltruhen gab, war das Konservieren von frischen Lebensmitteln zwingend nötig. Gemüse wurde unmittelbar nach der Ernte sterilisiert oder in Salzlake gelegt. Obst wurde gedörrt, kandiert oder in Alkohol konserviert. Manche Vorratskammern waren eigens zum Dörren von Obst (Äpfel, Birnen, Trauben, Feigen, Tomaten) eingerichtet; solche Vorrichtungen findet man auch heute noch in den Vorratsräumen und -kellern italienischer Bauernhöfe. Fleisch- und Wurstwaren wurden gepökelt, geräuchert (in vielen Häusern auf dem Lande war eine eigene Räucherkammer vorhanden) oder in Fett konserviert. Mit diesen Vorräten, die während der warmen Jahreszeit angesammelt wurden, kam man bequem über den Winter und war im Stande, so manche Lücke des Marktangebotes zu füllen.

Die Obstkammer

Die beste Temperatur zur Konservierung des Obstes liegt um die 4 oder 5 Grad Celsius.
Alte Haushaltsbücher empfehlen eine dunkle, möglichst nicht zugige und nach Osten orientierte Kammer.

Äpfel und Birnen

Auf einem Holzrost (Horde) sollten Äpfel mit dem »Kopf« nach oben aufgereiht werden, Birnen hingegen mit dem Stiel nach unten. Nicht mit anderen Obstsorten zusammen lagern.

Ein Wachstropfen am Stielende verbessert die Konservierung der Früchte.

Feigen

Ob blau oder grün, wenn sie zu »weinen« beginnen und mit einem Safttropfen geschmückt sind, sind sie garantiert am schmackhaftesten.

Der glückliche Besitzer eines Feigenbaumes kann, in einer warmen und sonnigen Gegend, die im Herbst geernteten Feigen auf Horden ausgebreitet an der frischen Luft dörren lassen.

»*Geklopfte*« *Äpfel und Birnen*

1 kg Äpfel
1 kg Birnen

1. Das Obst schälen, halbieren und das Kerngehäuse herausschneiden.
2. Auf den Rost des Backofens verteilen und bei minimaler Hitze (ca. 75 °C, Gasherd Stufe 1/2) mindestens 4 Stunden dörren lassen.
3. Die getrockneten Früchte werden mit einem flachen Holzlöffel plattgeklopft. Daher der Name …

Linke Seite
Ein Wachstropfen am Stiel der Birnen verlängert die Aufbewahrungszeit in einem kühlen alten Obstkeller.

Folgende Doppelseiten
Lorbeerblätter geben den dörrenden Feigen ihr Aroma ab. Die besten Dörrfeigen erkennt man an dem feinen weißen Staub, der sie wie Puderzucker überzieht.

Bild links
Die in der Sonne oder im Backofen gedörrten Tomaten werden in Olivenöl konserviert.

Rechte Seite
In frischer Milch eingeweichte trockene Walnusskerne werden wieder frisch und zart.

Im Backofen getrocknete Tomaten

1 kg vollreife, aromatische Tomaten
grobes Salz
Olivenöl

1. Die Tomaten in zwei Teile schneiden, mit grobem Salz bestreuen (noch besser wäre »Fleur de sel« – erste Salzqualität) und mit der flachen Seite nach unten auf eine geölte Aluminiumfolie legen.
2. Mindestens für 4 Stunden bei 130 °C (Gasherd Stufe 1) in den Backofen schieben. Das Fruchtfleisch soll noch weich sein, aber nicht mehr saftig.
3 Die Tomaten in einen Glasbehälter geben und mit Olivenöl auffüllen.

Werden sie zwischen Lorbeer- oder Pfirsichblättern in einem Holzkästchen aufbewahrt (abwechselnd eine Schicht Früchte und eine Schicht Blätter), so eignen sich gedörrte Feigen ein feines Aroma an und bleiben länger haltbar.

Auch Rosinen, mit Zucker bestreut, kann man wie Feigen zwischen Lorbeerblättern in einem Holzkästchen konservieren.

Tomaten

Tomaten können bei uns schwerlich auf dem Speicher wie bei unseren italienischen Nachbarn gedörrt werden, doch im Backofen gelingt es vorzüglich.

Nüsse

Früher wurden die Nüsse in großen, mit Sand gefüllten irdenen Krügen aufbewahrt, damit sie länger frisch blieben.

Damit trockene Nüsse wieder wie frische schmecken, genügt es, die Kerne einige Stunden in frische Milch zu liegen.

Trauben

Früher konnte man sich bis Weihnachten an Trauben laben, indem man sie gegen Kälte (aber auch Hitze) und Feuchtigkeit geschützt aufbewahrte.

Ein altüberliefertes Konservierungsverfahren besteht darin, die Trauben, bzw. ihre Ranken so an einer mit Wasser gefüllten Flasche zu befestigen, dass die Ranken ins Wasser reichen. Besagtes Verfahren wurde früher in der Pariser Gegend in der für ihren weißen Chasselas berühmten kleinen Ortschaft Thomery bei Fontainebleau

Gewusst wie …

Sollen Früchte oder Blumen zum (dazu noch essbaren) Schmuck einer Festtafel dienen, werden sie in stark gezuckertes Wasser getaucht, dann in Puderzucker gerollt. Eine andere, noch raffiniertere Methode besteht darin, die Früchte und sogar die Blumen, wie Rosen oder Veilchen, mit zu Schnee geschlagenem Eiweiß einzupinseln. Wenn man sie danach in Staubzucker wälzt, könnte man glauben, sie seien mit Reif überzogen.

Bild unten
Nach einem altüberlieferten Verfahren werden die Trauben mit den Ranken an einer mit Wasser gefüllten Flasche oder an einem anderen Glasbehälter befestigt.

angewandt, und wird weiter in dem Obstkeller des Gutes Saint-Jean-de-Beauregard verwendet, wo man im übrigen einen der schönsten Gemüse- und Obstgärten Europas bewundern kann.

Man kann die Trauben auch einfach mit ihrer Ranke an einem Schnürchen aufhängen. So machte man es früher in Südfrankreich und in Italien, wo die Trauben in einer hellen und kühlen Kammer aufbewahrt wurden.

Kandierte Früchte und Konfitüren

Kandiertes Obst und Konfitüre sind erst spät in Frankreich bekannt geworden, denn Zucker war früher ein Luxusartikel. Erst Katharina von Medici führte derlei Süßigkeiten am Hofe ein. Einer der ersten, der richtige Rezepte für kandierte Früchte oder Konfitüren (sie sind in abgewandelter Form noch heutzutage verwendbar) aufschrieb, war eine bedeutende Persönlichkeit von Saint-Rémy-de-Provence, Michel de Notre-Dame; allerdings kennt man ihn eher unter dem Namen Nostradamus; seine Prophezeiungen sind eine Sammlung prophetischer Orakelsprüche über die kommenden Jahrhunderte …

Kandierte Früchte

Die Zubereitung von kandiertem Obst ist eine zeitaufwendige Prozedur. Sie erfolgt in mehreren Etappen.

Zunächst muss man die Früchte anstechen. Dann blanchiert man sie einige Minuten lang in kochendem Wasser. Danach lässt man sie die Nacht über in kaltem Wasser liegen. Am folgenden Tag kocht man sie noch einmal ganz kurz auf und schreckt sie mit kaltem Wasser ab. Dann lässt man sie abtropfen, ehe man sie schließlich in einem Zuckersirup kocht, bis sie durchschimmernd werden.

In alten Rezeptbüchern wird empfohlen, eine Prise Alaun (in der Apotheke erhältlich) in das Blanchierwasser zu geben, wenn die Früchte überreif oder zu weich sind. Sie gewinnen dadurch an Festigkeit.

Confits

Konfitüren

Um zu testen, ob die Konfitüre die richtige Konsistenz erreicht hat, tunkt man einen Löffel in die kochende Flüssigkeit und lässt ein paar Tropfen auf einen kalten Teller fallen. Läuft die Konfitüre wie dicker Sirup auseinander, muss noch weiter gekocht werden. Dickt sie aber in großen Perlen auf dem Teller ein, muss sie sofort vom Feuer genommen werden.

Auch ohne mit Pektin angereicherten Zucker gelingt das Gelieren der Konfitüre leicht, wenn das Gehäuse eines Apfels, samt Kerne und die Schale, in einem Stoffsäckchen mitgekocht wird. Das natürliche Pektin des Apfels fördert das Gelieren jeder Konfitüre.

Aprikosen-, Pflaumen- oder Kirschkonfitüre nehmen das Aroma von Mandeln an, wenn einige zerstoßene Kerne in einem verschlossenen Musselinsäckchen mit den Früchten gekocht werden.

Gleich nach dem Kochen wird die Konfitüre in Gläser gefüllt, die man zuvor noch mit kochendem Wasser ausgebrüht und anschließend kopfüber gestellt getrocknet hat. Bevor die Gläser geschlossen werden, sollte man die Konfitüre noch 48 Stunden ruhen lassen, damit die sie gut eindickt, und sich kein Schimmel bilden kann. Schneiden Sie runde, zur Glasgröße passende mit Paraffin beschichtete Papierstücke zu oder nehmen Sie Cellophan. Kurz durch Alkohol oder Obstschnaps ziehen und damit die Oberfläche der Konfitüre bedecken. (Im Handel gibt es fertig zugeschnittene Wachsscheiben.) Dann genügt es, Vierecke aus starkem weißen Papier über die Gläser zu spannen und sie mit einem Schnürchen oder einem Leinenbändchen zu befestigen. Ein Aufkleber mit dem Namen der Obstart und dem Jahrgang macht das Ganze perfekt.

Setzt die Konfitüre Schimmel an, ist sie nicht lange genug gekocht worden oder sie wurde nicht sachgemäß verschlossen. Jede Spur von Schimmel entfernen und das Obst noch einmal kochen – empfahl Grand-mère. Wir hingegen empfehlen, den Glasinhalt wegzuwerfen.

Linke Seite

Echte Orangenkonfitüre nach traditioneller, klassischer Art wird aus einer Mischung aus süßen und bitteren Orangen (Pomeranzen) zubereitet, die man nur im Winter erhält.

Lilas Bitterorangen-Konfitüre

Für etwa 30 Gläser
12 Bitterorangen
6 süsse Orangen
4 Zitronen
8 kg Zucker
12 Liter Wasser

1. Die unbehandelten Früchte, ganz und ungeschält, in sehr dünne Scheiben schneiden. Die Kerne in einem mit Wasser halb gefüllten Schüsselchen aufbewahren.
2. Die Scheiben in eine große Salatschüssel oder in eine emaillierte Schale geben und mit Wasser übergießen. Eine Nacht ruhen lassen.
3. Am nächsten Tag das Wasser und die Früchte in einen großen Topf geben und zusammen 2 Stunden kochen.
4. Von der Kochstelle nehmen, den Zucker beimengen und wieder eine Nacht ruhen lassen.
5. Am nächsten Tag, das Wasser der Kerne, das geliert hat, durch ein Sieb zu der Mischung in den Konfitürentopf geben. Über eine Stunde, bei mäßiger Hitze kochen lassen, bis die Konfitüre eindickt. Eventuell die Gelierprobe machen!

Da Lila einige Zeit in Marokko gelebt hatte, kochte sie ihre Konfitüre mit »Bigarade«-Orangen, jenen Früchten mit bitter-süßem Fleisch, die sich hervorragend für Konfitüre eignen. In Frankreich und Deutschland gibt es sie ausschließlich auf Bestellung; manchmal auf den Märkten in der Provence …

Im Winter kochte sie ihren Vorrat an Orangenkonfitüre für das ganze Jahr, daher die angegebenen Mengen. Diese Mengen können je nach Bedarf natürlich reduziert werden …

Normannischer Brotaufstrich (Fett) nach Eugénies Art

1 Pfund Nierenfett vom Rind
(beim Fleischer bestellen)
125 g Lauch
125 g Zwiebeln
125 g weisse Rüben
1 Stange Bleichsellerie
1 Bund Petersilie
1 ganze Knoblauchknolle
2 Thymianzweige
Salz, Pfeffer

1. Das kalte Fett in große Würfel schneiden, und langsam in einem Schmortopf mit dickem Boden oder in einem gusseisernen Kochtopf schmelzen lassen. Diese Zeit ausnützen, um das Gemüse in kleine Stücke zu schneiden.
2. Das Gemüse mit den Gewürzen dem Fett beifügen. Umrühren. Nach Geschmack salzen und pfeffern.
3. Das Fett noch warm in ein Einmachglas oder in einen Steinguttopf gießen und kühl lagern.

Dieses Fett kann über eine lange Zeit aufbewahrt werden, und verleiht Suppen, Bouillons oder Eintopfgerichten einen unvergleichlichen Geschmack.

Zu lange gekochte Konfitüre enthält zu wenig Säure und deshalb kristallisiert sie aus. Sie kann »gerettet« werden, wenn sie mit Zitronensaft (Verhältnis: 1 Tasse Fruchtmasse zu 1 Esslöffel Zitronensaft) nochmals aufgekocht wird.

Verwendet man ein Musselintuch als Filter, erhält man aus roten Früchten das schönste Gelee. Zur Not tut es ein großes viereckiges Tuch aus Käseleinen auch.

Gemüsekonserven

Behälter und Töpfe immer mit kochendem Wasser ausbrühen und dann trocknen, bevor das Gemüse zum Sterilisieren oder in eine Essiglauge hineingelegt wird.

Um zu verhindern, dass beim Kochen die Gläser im Schnellkochtopf aneinander stoßen, werden sie mit einem Küchentuch oder mit feinem Leinentuch umwickelt.

Für Tomatenkonserven sind Sorten mit festem Fleisch geeignet. Ideal ist die längliche *Roma* oder *San Marzano*.

Dem Gemüse dürfen ruhig Pfeffer und Kräuter (Estragon, Basilikum, Selleriekraut, Petersilie, Dill), sowie Gewürze (Koriander, Gewürznelken, Kardamom, Chilischoten) beigefügt werden.

Kleine Gurken soll man nicht waschen, bevor man sie zu Essiggurken verarbeitet. Man reibt sie lediglich mit einem sauberen Küchentuch ab, das man zuvor mit grobem Salz bestreut hat. Die Gurken in das Tuch einwickeln und kräftig mit den Händen reiben.

Ein Stück Zucker im Konservierungsessig – und die Gurken bleiben schön fest und krachen unter den Zähnen.

Rechte Seite
Ein »appetitanregendes« Fenster, wo Konservengläser abkühlen, ehe sie in einem dunklen Vorratsschrank oder in einer Kammer verstaut werden.

Butter, Eier, Käse und Milch

Kühe und Hühner waren unentbehrliche Tiere auf dem Bauernhof. Sahne, Butter und Käse konnten zu Hause hergestellt werden.

Aus den alten Haushaltsbüchern und den Kochbüchern, konnte die Hausfrau lernen, wie die viel zu schnell ranzig werdende Butter oder Käse frisch zu halten waren, oder auch woran man frische Eier erkennt.

Wie frisch sind die Eier?

Heutzutage sind die Eier aus dem Handel datiert, doch es gab schon immer ein Mittel, Eier auf ihren Frischegrad zu prüfen, speziell wenn man sie weichgekocht haben wollte. Man taucht sie in einen Topf mit einer 15%igen Salzwasserlösung (150 g grobes Salz auf einen Liter Wasser). Fallen sie auf den Grund, so sind sie frisch. Sind sie älter als 5 Tage, so enthalten sie mehr Luft und steigen wieder an die Oberfläche. Verbleiben sie da, müssen sie in den Mülleimer.

Bevor es Kühlschränke gab, wickelte man die Eier in mehrere Schichten Zeitungspapier ein. Manchmal vergrub man sie auch in Asche, Sägemehl oder Sand. Ein weiteres Konservierungsverfahren bestand darin, die Eierschale mit Öl, Schmalz oder Vaseline zu bestreichen …

Wie kocht man Eier?

Um zu vermeiden, dass die Eierschale im Kochwasser platzt, sticht man sie oben und unten mit einer dicken Nadel oder mit dem Eierpickser an und gibt einen Esslöffel Essig ins Kochwasser.

Um perfekt gekochte Frühstückseier zu bekommen, legt man sie in eine Salatschüssel, gießt einen Topf kochendes Wasser darüber, deckt die Schüssel zu und wartet sieben bis acht Minuten, bevor man sie isst.

Kinder haben eine Vorliebe fürs Tunken! Am liebsten tauchen sie dick mit Butter beschmierte Brotstückchen ins Eigelb. Das Brot kann auch durch lauwarmen Spargel oder Käsestangen oder Oliven-»Fougasse« (einem Spezialbrot aus der Provence) ersetzt werden.

Um ein rohes von einem hart gekochten Ei zu unterscheiden, braucht man es nur um sich selbst rotieren zu lassen. Das rohe Ei kullert schwerfällig, das harte hingegen rotiert wie ein Kreisel.

Spiegeleier wie anno dazumal

2 Eier, getrennt
1 Messerspitze Butter
Salz, Pfeffer

1. In einem kleinen runden Pfännchen aus feuerfestem Porzellan ein wenig Butter schmelzen lassen; leicht salzen. Wenn die Butter goldgelb wird, die Eiklar in das Pfännchen geben und vorbraten.
2. Die Dotter behutsam auf die Eiklar legen und noch ein paar Sekunden weiterbraten. Niemals die Dotter salzen, sonst entstehen unappetitliche weiße Flecken.

Die Konservierung von Butter

~ Butter hält sich länger frisch, wenn sie in ein Tuch eingewickelt wird, das man zuvor mit ein paar Tropfen Essig oder Zitronensaft befeuchtet hat.

~ Wenn man bei heißem Wetter befürchten muss, dass die Butter zu hart aus dem Kühlschrank kommt, kann man sie auf einem Teller aufbewahren, über den man einen mit Wasser getränkten irdenen Topf stülpt. Jeden Tag den Topf frisch anfeuchten. Durch die Verdunstung des Wassers im Tongeschirr, bleibt die Butter frisch und kühl.

~ Zum Servieren einmal die Butter auf einem Rhabarberblatt, einem frischen Kohlblatt (nur für kurze Zeit, wegen der Geruchsübertragung) oder einem Sauerampferblatt anrichten – das sieht hübsch und frisch aus.

Wie wird ranzige Butter wieder frisch?

125 g Butter
3 Esslöffel Natron
1 Lorbeerblatt
1 Schale Salzwasser

1. Eiskaltes Wasser mit etwas Natron in eine Salatschüssel gießen, die Butter hineinlegen und sie energisch mit den Händen durchkneten. Die Gärungsfermente werden durch das Natron vernichtet und der ranzige Geschmack verschwindet.
2. Danach die Butter mit einem Lorbeerblatt in eine Schale legen, und mit Salzwasser übergießen. Die keimtötenden Essenzen des Lorbeerblattes tragen zu einer besseren Konservierung bei.

Die Konservierung der Butter mit Salz

Kauft man die Butter lose, so heißt es zu verhindern, dass sie ranzig wird. Dafür gibt es ein ganz einfaches Mittel.

Die geeignete Menge Butter, um das gewünschte Gefäss zu füllen
100 g Salz
1 Liter Wasser

1. Eine 10%ige Salzwasserlösung zubereiten: einen Liter Wasser zum Kochen bringen, 100 g Salz gleich beim Aufkochen dazugeben und ein paar Sekunden kochen lassen.
2. Wenn das Wasser abgekühlt ist, über die in einen Steinguttopf oder einen Glasbehälter gepresste Butter gießen. An einem kühlen Ort aufbewahren.

Wie Alexandre Dumas für frische Butter sorgte

In seinem *Grand Dictionnaire de Cuisine* gibt Alexandre Dumas eine erstaunliche Methode preis: »Welches Land ich auch immer bereiste, stets habe ich frische Butter vom Tage gegessen. Mein Rezept gebe ich den Reisenden gerne weiter, es ist ein einfaches und unfehlbares dazu. Wo immer ich Milch auftreiben konnte, sei es Kamelstuten- oder Stuten- oder auch Schafsmilch, ja besonders Schafsmilch, füllte ich damit eine Flasche zu drei Viertel, schloss sie, befestigte sie am Saumzeug meines Pferdes, und überließ es letzterem, die weitere Arbeit zu tun. Bei der Ankunft am Abend brach ich den Flaschenhals ab und fand im Inneren einen faustgroßen Klumpen Butter, die von selbst entstanden war … Diese Methode gelang (mir) immer.«

Wie man Käse aufbewahrt

Ein Stück Würfelzucker zum Käse legen und mit einer Käseglocke bedecken: der Zucker nimmt die überschüssige Feuchtigkeit auf.

Weichkäse in ein in Weißwein getunktes und ausgewrungenes feines Tuch einwickeln.

Milch

Als rohe Milch weder pasteurisiert, noch sterilisiert, noch homogenisiert wurde, pflegte man sie vor dem Gebrauch zu kochen. Da es sich um Vollmilch handelte, bildete sich eine dicke Sahneschicht an der Oberfläche. Die wurde von der Hausfrau sorgfältig abgeschöpft und beim Kuchenbacken oder sonst beim Kochen verwendet.

Den Kochtopf mit kaltem Wasser abspülen, bevor die Milch hineingegossen wird, dann klebt sie nicht am Topfboden fest.

Die Milch kocht nicht über, wenn man einen metallenen Löffel oder eine Untertasse in den Kochtopf legt.

Pulvermilch entwickelt einen eigentümlichen Geschmack, der gemildert wird, wenn Sie das zugesetzte Wasser zuvor leicht salzen.

Wie stellt man Sauermilch / Dickmilch oder Joghurt her ?

In früheren Zeiten war Sauermilch ein sehr geschätztes Produkt, sozusagen der Joghurt von heute. Die Molke tropft durch ein Musselintuch ab, und es verbleibt eine Art Quark, den man mit Kräutern oder Pfeffer verfeinern, oder auch mit Honig, Konfitüre oder Rohzucker süßen kann.

Linke Seite
Käse unter der Glocke: Einige Zuckerwürfel auf den Teller, eine kleine Luftzufuhr, und schon bleibt alles frisch (die Zuckerwürfel können als Keil dienen ...)

Käse nach Art des Hauses

Reste von übriggebliebenen Weichkäsesorten ähnlicher Geschmacksrichtung
das halbe Gewicht an Butter oder Crème fraîche
Semmelbrösel oder Weissbrotbrösel oder gehackte Kräuter

1. Käserinde wegschneiden.
2. Käsereste mit Butter oder Crème fraîche zu einer Paste vermischen,
3. Hände anfeuchten, kleine Kugeln formen, und nacheinander in Semmelbröseln oder in Kräutern wälzen.

Roquefort mit Portwein

150 g Roquefortkäse
75 g Butter
1 Esslöffel Portwein

1. Die weiche Butter und den Roquefort mit der Gabel bearbeiten, bis eine dicke, cremige Masse entsteht.
2. Den Portwein dazugeben und gut vermengen.
3. Die Masse in eine hübsche Glasschale oder ein Steingutgefäß geben und im Kühlschrank aufbewahren. Mindestens eine Stunde vor dem Anrichten aus dem Kühlschrank nehmen.

Damit die Milch rascher sauer wird, hängt man ein Säckchen mit Artischockenheu gefüllt in die Milch und stellt das Ganze in ein warmes Zimmer.

In der Provence pflegte die Bäuerin eine irdene Schüssel mit einem Bündel wilden Thymian einzureiben: das genügte, um die Milch gerinnen zu lassen.

Einen Becher Joghurt mit frischer Rohmilch in einer Schüssel vermengen und an einer warmen Stelle über Nacht stehen lassen. Am nächsten Morgen hat man eine ganze Schüssel voll mit dem köstlichsten Joghurt.

Großmutters echter Milchkaffee *

1 Schüssel (grosser Becher) gesüsster Milchkaffee
2 dünne, nicht zu grosse Scheiben Brot, Butter
1 Prise Salz

1. Den gesüßten Kaffee in eine feuerfeste Schale (Frühstücksbol) gießen.
2. Die Brote mit Butter bestreichen und wie Schiffchen auf die Kaffeeoberfläche legen.
3. Die Schale in den Backofen schieben und überbacken: erst wieder herausnehmen, wenn das Brot schön knusprig geworden ist.

* In dem Roman *Chéri* erwähnte Colette dieses Rezept als »Concierge-Milchkaffee«; für die Leserinnen der Zeitschrift *Marie-Claire* beschrieb sie es dann 1939 ganz ausführlich. Die Schriftstellerin gab noch einen weiteren Rat: »Bevor Sie das Floß aus überbackenem Brot auseinanderbrechen, streuen Sie ein Wölkchen Salz darüber. Der Salz beißt den Zucker, der Zucker ist ganz leicht gesalzen: auch eines der großen, nicht mehr angewendeten Prinzipien! Dadurch werden die Pariser Entremets und Pâtisserien immer fader, verlieren immer mehr an Geschmack.« (in *Colette gourmande*, Marie-Christine et Didier Clément, 1990)

Milchspeise, mild und zart wie die Kindheit selbst

Jeder Feinschmecker, der noch den Geschmack süßer Kondensmilch, direkt aus der Tube gekostet, im Gedächtnis behalten hat, wird die leckere Milchspeise für ihren zarten Karamellgeschmack für ewig lieben. Diese Köstlichkeit stammt aus Südamerika: dort wird sie »dulce de leche« auch »doce de leite« genannt, wörtlich »Milchsüßigkeit« (Milch und Zucker werden über Stunden im Wasserbad eingedickt).

Diese Speise lässt sich sehr leicht herstellen: eine Dose süße Kondensmilch eineinhalb Stunden im Wasserbad kochen lassen (auch zwei Stunden, wenn eine dickere Konsistenz gewünscht wird). Vor dem Öffnen, die Dose völlig erkalten lassen, das »dulce« auslöffeln: ein Leckerbissen für groß und klein.

Sauermilch oder Joghurt mit Dörrobst und Honig

Eine grosse Schüssel abgetropfte Sauermilch oder Joghurt
1 Senfglas gedörrte Aprikosen, Rosinen und entkernte Pflaumen
2 Suppenlöffel flüssigen Honig
abgeriebene Schale einer halben, unbehandelten Orange

1. Das Dörrobst in Stücke schneiden und ein paar Minuten zum Aufquellen in kochendes Wasser legen.
2. Unter den Quark oder den Joghurt rühren.
3. Den Honig und die geriebene Orangenschale hinzugeben. Mindestens eine Stunde vor dem Anrichten in den Kühlschrank stellen.

Kleine Tricks und gute Tipps fürs Backen

Kuchen backen ist manchmal kinderleicht, aber gewisse Handgriffe, die mit den Grundbegriffen der Chemie zu tun haben, sind unumgänglich; die Köche erlernen sie, indem sie unzählige Rezepte ausprobieren.

Dass die Köchinnen den Mürbeteig für Obstkuchen (Tartes) zunächst an einem kühlen Ort ruhen lassen, bevor sie ihn backen, beruht auf Erfahrung. Ein Soufflé hingegen wird sofort in den Ofen geschoben. Mit der Zeit – und mit der Übung – wird es bald zur Gewohnheit, den Teig so schnell wie möglich und mit kalten Händen zu kneten (wenn nötig, tauchen Sie die Hände in kaltes Wasser), denn Sie wissen dass ein zu lange gekneteter Teig aroma- und geschmacksarm und im Ofen steinhart wird.

»Tartes« (Obstkuchen à la française)
Ob Mürbeteig, Bröselteig oder Blätterteig, jeder Teig muss einige Zeit ruhen, bevor er gebacken werden kann, damit die Butter sich besser mit dem Mehl verbindet.

Man darf den Teig nie zu lange kneten, sonst wird er beim Backen hart.

Damit die aufgeschnittenen Früchte, Aprikosen, Pflaumen oder Pfirsiche, den Tortenboden nicht durchweichen, sollte man sie nie mit der Schnittfläche nach unten darauf legen.

Eine feine Schicht Semmelbrösel oder Paniermehl oder auf den Teig gestrichenes Eiweiß nehmen das Zuviel an Flüssigkeit auf.

Dörrobst oder kandierte Früchte

Damit Dörrobst, Rosinen oder kandierte Früchte nicht im Teig absinken (dieses gilt besonders für Rührteig), sollte man sie mit Mehl bestäuben, bevor man sie dem flüssigen Teig beimischt. Das Beste ist, wenn man sie in eine kleine Plastiktüte (einen Gefrierbeutel etwa) füllt, das Mehl hinzufügt und das Ganze heftig schüttelt.

Bevor man sie für ein Kompott oder einen Kuchen verwendet, kann man die getrockneten Pflaumen oder Aprikosen in starkem Schwarztee einweichen: Er verleiht ihnen etwas von seinem Geschmack.

Schneller Teig für Tartes

Dieser Teig kann gleich verarbeitget werden.

125 g frische Butter
1/2 Glas Wasser
1 Prise Salz
250 g Mehl
Für einen süssen Teig: 100 g Zucker
500 g Beeren oder 750 g Apfelspalten

1. Butter bei geringer Hitzezufuhr schmelzen lassen. Sobald sie flüssig ist, von der Kochstelle nehmen, Wasser und Salz hinzufügen. Mehl auf einmal zugeben. Mit einem Holzlöffel rühren, bis eine Kugel entsteht.
2. Kuchenform mit Butter einfetten. Den lauwarmen Teig mit der flachen Hand gleichmäßig dick auf dem Boden verteilen. Einen Rand bilden.
3. Den Boden mit einer Gabel einstechen und schräge Streifen auf die Ränder zeichnen, um sie an den Formrand zu drücken.

Schnelles Karamellisieren.

Um die Oberfläche der »crème brûlée« oder anderer von einer feinen Zuckerschicht bedeckten Desserts zu karamellisieren, benutzen Sie am besten einen kleinen Schweißbrenner. Das geht schneller als im Backofen unter dem Grill und sogar schneller als mit der runden Eisenplatte (der »tige«), das die katalanischen Köchinnen für ihre berühmte »crème catalane« benutzen.

Goldbraunes Gebäck

Man braucht den Teig nur mit Hilfe eines Pinsels mit Eigelb zu bestreichen, damit er im Ofen goldbraun und glänzend wird. Wenn kein Eigelb vorhanden ist, geht es auch mit frischer Milch.

Während der Backzeit, besonders bei Baisermassen, Soufflés und anderen Zubereitungen aus steif geschlagenem Eiweiß, darf die Ofentür auf keinen Fall geöffnet werden, weil das Gebäck sonst auf der Stelle in sich zusammenfällt.

Aromatisierter Zucker

Ein paar aufgeschlitzte und zusätzlich noch aufgeraute Vanilleschoten in einem Zuckerbehälter verleihen dem Zucker ihren unvergleichlichen Geschmack.

Um dem Zucker ein völlig ungewöhnliches Aroma zu verleihen, genügt es, wenn man ihn schichtweise abwechselnd mit Lavendelblüten in ein Glas füllt. Diesen Lavendelzucker kann man für Obstsalat, Cremes oder Kuchen verwenden.

Jeans Federkuchen, »Plume-cake« genannt

Großvater Jean war Schrifsteller; er hatte eine Vorliebe für Süßspeisen und er liebte es, selber zu backen. Der Name seines Rezepts ist eine kleine Anspielung auf seinen Beruf (»plume« bedeutet Feder) und auf die Rosinen, mit denen dieser aus England stammende Kuchen gespickt ist

200 g Korinthen und Rosinen
1 Gläschen Rum
150 g Butter
150 g Zucker
4 Eier
1/2 Päckchen englische Hefe
225 g Weizenmehl
klein gehackte Schale einer halben unbehandelten Zitrone
1 Prise Salz

1. Zuerst die Rosinen im Rum einweichen.
2. Die zimmerwarme Butter in Würfel schneiden und in eine große Backschüssel geben.
3. Zucker und Salz hinzufügen und schaumig rühren, bis die Mischung weiß wird.
4. Die Eier einzeln hinzugeben und dabei kräftig rühren.
5. Das mit Hefe gemischte Mehl unterrühren.
6. Den Teig mit einem Rührlöffel gut durcharbeiten und lockern.
7. Die Rosinen abtropfen lassen, in Mehl wälzen, zusammen mit dem Zitronenabrieb unter die Teigmasse rühren.
8. Eine Kastenform mit Butter einfetten und den Backofen auf 180 °C (Gasherd Stufe 2–3) vorheizen. Teig in die Form füllen und in den Ofen schieben.
9. 10 Minuten backen, die Hitze auf 130 °C zurückstellen (Gasherd Stufe 1–2). Den Kuchen etwa 50 Minuten backen.

Der Kuchen ist fertig, wenn eine Messerklinge oder ein Holzstäbchen nach dem Einstechen trocken bleibt. Wenn die Oberfläche des Kuchen vor Ende der Backzeit zu braun wird, bedeckt man ihn mit Aluminiumfolie.

Ein Haus, in dem es sich leben lässt

»Ich werde Ihnen, vom Innern ausgehend, ihr Leben beschreiben und auch ihr Haus, die Räume, in denen sich ihr Leben abspielte, die in der Früh sonnendurchfluteten Zimmer mit den aprikosenfarbenen, roten und ockergelben Orientteppichen, die sie von ihrer Schwiegermutter geerbt hatte und die trotz ihrer Abnutzung Licht und Wärme aufzunehmen schienen; Bücher, Trockenblumen, Kissen in Matisse-Farben, und dann die glitzernden Gegenstände von echtem Wert, von denen viele, hätten sie einem antiken Volk gehört, in die Gräber gelegt worden wären für ein zukünftiges Leben: Kristallwürfel, Teile eines Hirschgeweihs, Bernsteinperlen, Dosen, kleine Skulpturen, Holzkugeln …«

James Salter, *Das vollkommene Glück*, 1997

Ein Haus hat meist Ähnlichkeit mit den Menschen, die darin wohnen und die es mit zufällig im Lauf der Jahre angehäuften Gegenständen eingerichtet und geschmückt haben, ohne wirklich auf die jeweiligen Moden und Gepflogenheiten zu achten; einfach nur damit man sich darin wohl fühlt und das Herz des Lebens schlagen hört. Improvisierte Vorhänge, brennende Kerzen, Düfte nach Wald, Früchten oder Gewürzen, Blumensträuße, die jede Woche ausgetauscht werden, ein buntes oder blasses Gemälde: Solche Dinge genügen manchmal schon, um dem Haus noch mehr Glanz zu verleihen, ohne das Wesen seines geheimen Zaubers wirklich zu verändern. Von Generation zu Generation werden Kunstfertigkeiten weitergegeben, die heute noch genauso nützlich sind wie früher, und man findet wieder Gefallen am Schmücken, Verschönern, Kochen. Dazu nimmt man sich Zeit: ganz einfach die Zeit zum Leben … Geduld lässt sich erlernen, Phantasie ebenso. Es genügt, jeden Gegenstand mit anderen Augen zu sehen, ihn anders zu fühlen und anzufassen, und schon wird der Alltag zum Fest.

Traditionelle Farben

Farben, jene Farben, die man noch auf alten Wänden sieht, in Häusern, in denen Leben stattgefunden hat, erzählen eine Geschichte. Gelb, Rot und Ocker verbindet man mit dem Süden, während Grau-, Beige- oder Blautöne an nördliche Gefilde erinnern.

Es kommt aber auch vor, dass der Blick durch das Smaragdgrün oder das ungewöhnliche Rot einer irischen oder skandinavischen Tür festgehalten wird… Und man erkennt auch schnell das charakteristische Blau, das in Griechenland, Marokko, Tunesien und am östlichen Mittelmeer verwendet wird, und das man in Frankreich als »Wagenblau« bezeichnet. Dieses leicht zu erkennende Blau, das ursprünglich aus einer Mischung aus Methylenblau und Kalk hergestellt wurde, benutzten die Bauern früher zum Anstreichen der Türen, der Fenster, des Zugtiergeschirrs und der Wagen, weil damit die Fliegen ferngehalten werden sollten …

Milchfarbe

Milch wurde häufig als Bindemittel für die Farbpigmente in Pulverform verwendet. Mit dieser Farbe kann man problemlos Holz und Gips färben – es ist das Prinzip der Kaseinfarben, die früher häufig verwendet wurden. Ist die Farbe trocken, so wirkt sie durchschimmernd und glänzt, es sei denn, man fügt Kalk bei, um eine festere Konsistenz zu erhalten.

Milchfarben werden auch heute noch verwendet bei der Restaurierung alter Häuser, Holzverkleidungen und bemalter Möbel. Der Untergrund muss matt und sorgfältig geschliffen sein. Es empfiehlt sich, die Farbe durch eine Lackschicht zu schützen, insbesondere außen, denn sie ist ziemlich empfindlich.

Aus Pigmenten hergestellte Farben sind seit der Urgeschichte in Gebrauch. Damit die Pigmente auf den Wänden hafteten, benutzten die Menschen verschiedene Hilfsmittel, beispielsweise Milch oder Kasein, Eier oder tierische Klebstoffe (Fisch oder Kaninchen), die auch heute noch in Fachgeschäften für Malerbedarf erhältlich sind.

Milchfarbe

1 Liter Milch
1 Tütchen pulverisierte Farbpigmente (Die benötigte Menge hängt vom erwünschten Ergebnis ab, das mehr oder weniger hell oder dunkel sein kann)

1. Die Pigmente nach und nach in der Milch auflösen; die Konsistenz der Mischung soll dickflüssig bzw. breiig sein.
2. Weitere Pigmente hinzufügen, wenn der Farbton zu hell erscheint.

Linke Seite
In einem Schlafzimmer des Schlosses Giniac steht dieser Stuhl an einer Wand, die nach alter Art mit Kalkblau gestrichen ist. Der festonierte Rand der Bemalung wirkt wie ein alter, kunstvoll gestickter Saum.

~ Mit Farbpigmenten kann man alle möglichen Schattierungen kreieren. Die Farbe wirkt patiniert, ganz anders als bei den modernen Acrylfarben.

Kalkfarbe

4 Liter Wasser
2 kg Kalk
700 g grobes Salz
2 Liter Wasser
Farbpigmente nach Wunsch

1. Den Kalk in das Wasser geben und gut umrühren. Das Ganze über Nacht stehen lassen.
2. Dieser Mischung wird am folgenden Tag das in zwei Liter kochendem Wasser aufgelöste Salz hinzugefügt. Sorgfältig umrühren und anschließend die benötigte Menge Farbpigmente beimengen, bis sich der gewünschte Farbton ergibt.

Diese Maltechnik war früher die gängigste. Mit Kalkfarbe wurden die Häuser jedes Jahr von der Decke bis zum Boden aufgefrischt.

Beachten Sie, dass die Farbe stets dunkler erscheint, solange sie noch nicht trocken ist. Machen Sie Probedurchgänge, um den endgültigen Farbton zu bestimmen.

Gewusst wie …

Greifen Sie zu einem alten Verfahren, um den lästigen Geruch der Öl- oder Acrylfarbe zu tilgen: Stellen Sie mehrere Schüsseln mit frischer Milch oder heißem Essig im Zimmer auf.

Wollen Sie vermeiden, dass sich auf einem Spiegel oder einer Glasscheibe Farbspuren verewigen, so reiben Sie die gesamte Glasfläche mit einer halbierten Zwiebel ein: auf diese Weise klebt die Farbe nicht fest.

Bild oben
Nach alter Tradition ist der Mantel der Muttergottes blau; in den Kirchen trägt sie ein himmelfarbenes Gewand.

Rechte Seite
Die Farbpigmente müssen in einer Flüssigkeit angerührt werden: in Milch, tierischem Klebstoff, Ei, etc …, damit sie besser auf dem zu färbenden Untergrund haften.

Das Licht

»Eine Lampe hinter dem Fenster hält Wache, mitten im geheimen Herzen der Nacht.«
Antée, C. Barucoa, in: *Die Flamme einer Kerze*, Gaston Bachelard, 1962

Licht vertreibt die Finsternis, egal, ob es von einer Lampe, einer Laterne, einem Feuer oder einer Kerze herrührt. Wird es von draußen gesehen, so beruhigt es den Vorübergehenden und verdeutlicht ihm, dass in dem Haus Leben herrscht, dass es bewohnt ist.

Es ist sinnlos, das Haus mit Licht zu überfluten, lieber spielt man mit verschiedenen Lichtquellen, die mehr oder weniger stark leuchten. Gewöhnliche Glühlampen spenden ein warmes, gelbes Licht, während Kerzen selbst dem schlichtesten Raum etwas Magisches verleihen.

Mit Laternen und Öllämpchen, die das Licht in ihren Glaswänden gefangen halten, kann man auf einem Fensterbrett, entlang eines Weges oder auf einem Baum im Garten die Nacht lebendig machen …

Ein schlichtes Kleid für die Fenster …

Wenn man Schlichtes und Natürliches mag, kann man seine Fenster mit weißen oder gefärbten Baumwoll- oder Leinenlaken schmücken. In Antiquitätenläden findet man noch weiße oder naturfarbene Betttücher aus grobem Leinen oder Hanf, die gut zu einem schlichten Dekor passen.

Ein altes, mit Spitzen, Stickereien oder einem Monogramm verziertes Laken mildert das Sonnenlicht und erzeugt ein wunderschön gedämpftes Licht. Die Stickerei kann man entweder oben anbringen, wenn man einige Zentimeter des Lakens zu einem Volant umschlägt, oder aber unten, als raffinierten Saum, wenn es sich etwa um ein Monogramm oder eine bestickte Bordüre handelt.

Bei einem schmalen Fenster kann man skandinavische Vorhänge zum Vorbild nehmen. Der mehr oder weniger leichte Stoff wird nur an einer Seite des Fensters gerafft und mit einem Band oder einer Schlaufe an einem Polsternagel aus Messing oder patiniertem Metall befestigt.

~ Wenn es im Sommer sehr heiß ist, fühlt man sich in einem Raum wohler, wenn man den Vorhang befeuchtet und das Fenster offen lässt. Die Luft streicht über den feuchten Stoff und kühlt sich automatisch ab.

Vorhänge aus fernen Ländern

Mit Saris aus Baumwollmusselin in zarten oder funkelnden Farbtönen lassen sich ohne große Mühe kostbar wirkende Gardinen oder sogar Baldachins herstellen. Ein einziger Sari genügt, um ein zweiflügeliges Fenster oder auch einen Baldachin mit seitlich drapierten Falten zu schmücken.

Bild oben
Detailansicht von Glasstücken, die mit Stickgarn in den Baumwollstoff eingearbeitet worden sind.

Rechte Seite
Der »Kirchenfenster-Vorhang« wird immer unvollendet bleiben, so wie es der Wunsch seiner Schöpferin war.

Lilas »Kirchenfenster-Vorhang«

2 weisse Betttücher aus Leinen oder grober Baumwolle
am Strand gesammelte, vom Meer abgeschliffene, bunte Glasscherben

1. Legen Sie die Glasstücke zwischen die beiden Tücher und nähen Sie sie mit einfachen Stichen den Konturen entlang ein.
2. Schneiden Sie mit einer sehr spitzen Schere ein kleines Loch in den Stoff, das mehr oder weniger, schmal, breit, rund oder klein sein kann …
3. Die Löcher werden mit Knopflochstich gesäumt.

Vor mehr als dreißig Jahren nahm sich Lila bestickte Stoffe aus verschiedenen Gegenden Westindiens, wie Rajasthan oder Gujarat und Sind, einer Provinz in Ost-Pakistan, zum Vorbild: Sie tat es den jungen indischen Bräuten gleich, die als Aussteuer Stoffe, Wandbehänge oder Tiergeschirr mit in die Ehe bringen, die häufig durch in den Stoff eingenähte winzige Perlen oder Glassplitter geschmückt sind. Für diese Arbeit braucht man unendlich viel Geduld – die Herstellung dieses Vorhangs dauerte ungefähr ein Jahr! –, aber das Ergebnis ist der Mühe wert!

In fertigem Zustand ist dieser Vorhang ziemlich schwer und muss deshalb unbedingt von Hand gewaschen werden. In der Maschine würden die Glasstückchen zersplittern und den Stoff abwetzen, in den sie eingearbeitet sind.
Statt Glasscherben kann man auch Muscheln verwenden.

Originelle Raffhalter

Zum seitlichen Raffen einer Gardine gibt es tausend Möglichkeiten, außer den üblichen Kordeln und Posamenten.

~ Man kann beispielsweise Muscheln an ein dickes Geflecht aus grober Schnur knüpfen.

~ Ein buntes Seidentuch, eine Halskette aus dicken, bunten Perlen oder aus Muscheln oder sogar ein Armband (wenn die Gardine dünn ist) können die Kordel auf sehr dekorative Weise ersetzen. Für eine Festdekoration kann man in einer Gärtnerei ein Bastgeflecht kaufen, in das künstliche oder echte Blüten und Blätter gesteckt werden – die frischen Blumen werden allerdings nur so lange frisch bleiben wie ein »Picknick in der Sonne« währt.

Halbgardinen

Im Französischen nennt man sie »Windbrecher« und wenn man den Wörterbüchern Glauben schenken darf, gibt es diesen Begriff erst seit dem späten 19. Jahrhundert. Was vermuten lässt, dass die Franzosen diese im unteren Bereich der Fenster zum Schutz gegen den eisigen Nordwind angebrachten Gardinen vorher nicht kannten. Ein fein gestreiftes Küchentuch, eine Damastserviette, selbst ein altmodisches rot-weiß oder blau-weiß kariertes Taschentuch kann zu einer hübschen Scheibengardine für die Küche oder das Badezimmer werden. Man benötigt so viele Geschirrtücher oder Servietten wie man Scheiben schmücken will, dünne Gardinenstangen aus Metall oder – ideal für ein Haus auf dem Land oder am Meer – Bambusstäbe, dazu Gardinenringe mit Klammern (5 oder 6 pro Fensterscheibe). Es genügt, den Stoff in regelmäßigen Abständen festzuklammern und anschließend die Ringe auf der Gardinenstange aufzureihen.

Gewusst wie …

Dünnes, leichtes Küchenmusselin ist ein hervorragender Ersatz für klassische Gardinenstoffe. Man muss lediglich beachten, dass diese Stoffe nach dem Waschen zerknittert aussehen. Es kann ganz interessant wirken, wenn man diese Knitterfalten bewahrt: sie erinnern an Stoffkreationen des Spaniers Fortuny . Man kann sie aber auch wieder glätten, indem man den noch feuchten Stoff bügelt.

Bild links
Eine vergängliche Gardinenkordel aus Blumen und Blättern, die in ein Bastgeflecht gesteckt worden sind.

Rechte Seite
Sehen, ohne gesehen zu werden: Hübsche Damastservietten mit Monogramm sind zu Halbgardinen für die Küche umfunktioniert worden.

Selbst gemachte Kerzen

1. Bewahren Sie das Wachs Ihrer fast abgebrannten Kerzen auf. Bringen Sie die Stumpen in einem Wasserbad zum Schmelzen.
2. Gießen Sie das flüssige Wachs in bruchsichere Gläser oder in hübsche, eingefettete Formen. Fügen Sie einige Tropfen Duftöl hinzu.
3. Kerzendochte findet man in Handarbeitsgeschäften und manchmal in Baumärkten. Damit der Docht im flüssigen Wachs senkrecht steht, binden Sie ihn an einen Bleistift, den Sie über den Behälter legen, in den Sie das Wachs gießen.

Kerzen

Kerzenwachs ist empfindlich und bricht leicht. Wollen Sie Kerzenvorräte in allen Farben haben, so machen Sie es sich zur Gewohnheit, die bunten Kerzen in weißes Seidenpapier einzuwickeln (sonst nimmt das Wachs möglicherweise die Farbe des Papiers an ...).

Wollen Sie angestaubten oder leicht ramponierten Kerzen neuen Glanz verleihen, so streifen Sie eine alte Strumpfhose über Ihre Hand und polieren Sie damit vorsichtig die Oberfläche.

Um eine Kerze in einen Leuchter mit engem Hals zu stecken, brauchen Sie sie nur einige Sekunden lang in heißes Wasser zu tauchen, um sie weich zu machen.

Vermeiden Sie jegliche Wärmequelle in der Nähe Ihrer Kerzen: Selbst die Sonne kann sie weich machen und ihnen seltsame Formen geben.

Wachsflecken sind leicht zu entfernen, sofern das Wachs nicht gefärbt ist. Schaben Sie den Fleck mit einer Messerklinge ab. Legen Sie anschließend ein Stück Seidenpapier oder Küchenkrepp darauf und fahren Sie mit dem heißen Bügeleisen darüber. Wechseln Sie das Papier so oft aus, bis keine Fettspuren mehr zu erkennen sind. Danach waschen Sie den Stoff.

Um zu verhindern, dass eine neue Kerze tropft, zünden Sie sie an, lassen Sie sie einige Sekunden brennen und streuen Sie dann eine dicke Schicht feines Salz um den Docht.

Sie können ihre Kerzen auch in stark gesalzenes Wasser tauchen oder sie über Nacht in den Gefrierschrank legen.

Bild oben
Liebhaber von Kerzenlicht legen stets große Vorräte an, um nie auf den flackernden Lichtschein verzichten zu müssen.

Rechte Seite
Leuchtermanschetten aus durchsichtigem oder buntem Glas fangen das tropfende Wachs auf: so werden Flecken auf Möbeln und Tischdecken vermieden.

Die Kunst des Kaminfeuers

Um ein Feuer schnell zum Brennen zu bringen, muss man ein paar einfache Regeln beachten. So rät etwa die Gräfin de Gence in ihrer *Encyclopédie de la vie pratique* (Lexikon des praktischen Lebens): »Man muss neben dem Brennholz immer auch gut ausgetrocknete Reisigbündel parat haben, die nicht nur dazu dienen, das Feuer schnell zum Brennen zu bringen, sondern auch um sehr fröhliche Feuer, hell auflodernde Flammen zu erzeugen. So breitet sich in den Räumen Wärme und Heiterkeit aus.«

Man kann auch im Wald gesammelte Tannenzapfen verwenden – sie sind dekorativ, brennen schnell und strömen einen herrlichen Duft aus. Dazu Zeitungspapier und ganz trockene Holzscheite. Das Holz muss ein Jahr lang trocknen, bevor es verbrannt werden kann. Ist es noch zu frisch, so brennt es schlecht und erzeugt mehr Rauch als Wärme.

Bauen Sie im Kamin eine Pyramide auf, deren Grundlage aus Zeitungspapier und Holzspänen besteht. Sobald diese zu brennen beginnen, legen Sie die Scheite darauf und sorgen Sie dafür, dass zwischen den Scheiten die Luft zirkulieren kann.

Die Wahl des Holzes

In der Stadt hat man keine Wahl, aber auf dem Land ist es sinnvoll, sich mit unterschiedlichen Holzarten zu versorgen, so wie es früher in den Hauswirtschaftsbüchern empfohlen wurde. »Ein gutes Feuer muss mehrere Holzsorten enthalten. Eiche hält länger als Buche. Ideal ist ein Feuer aus Eiche, Buche und Ulme, die beiden Letzteren liefern eine kräftige Glut.« Unter allen Holzarten gibt Nussbaum am meisten Wärme ab, gefolgt von Birnbaum, Eiche, Kastanie und Esche.

Wenn Sie am Meer leben, dann sammeln Sie das am Strand angeschwemmte Holz auf: Meist ist es sehr gutes Brennholz, das darüber hinaus oft einen wunderbaren Duft ausströmt (vielleicht des Salzes wagen).

Wenn Sie in einer Weingegend leben, dann sammeln Sie die Reben, die wunderbar für hell lodernde Feuer geeignet sind; außerdem verleihen sie dem Fleisch, das Sie auf einem Rebenholzfeuer grillen, ein herrliches Aroma.

Manches Holz erzeugt besonders heftige Funken, vor denen man sich in Acht nehmen muss. Die Rinde der Pinien- und Tannenäste kann gefährlich sein, wenn man den Kamin nicht mit einem Feuerschutz umgibt. Dies ist übrigens eine unbedingt notwendige Vorsichtsmaßnahme, wenn man Feuer in einem Raum brennen lässt, in dem sich Kinder aufhalten oder wenn man das Feuer nicht beaufsichtigen kann. Bevor man aus dem Haus geht, sollte man sich vergewissern, dass das Feuer wirklich erloschen ist. Dazu gießt man sicherheitshalber etwas Wasser auf die Glut.

Bild links
Hinter der Tür, die durch Flusskieselsteine aus der Adour offen gehalten wird, stehen in einem Korb Holzscheite und Reben, mit denen das Feuer angezündet wird.

Rechte Seite
Die Holzvorräte für den Winter müssen nicht unbedingt verborgen gehalten werden. Dieser feierliche Raum, der an so manchen venezianischen Palast erinnert, wirkt durch den Holzstoß viel gemütlicher.

Düfte und Parfums

Unser Körpergeruch ist uns völlig eigen, er gehört ausschließlich uns, so wie unsere Fingerabdrücke: wir können uns noch so sehr mit demselben Parfum wie unser Nachbar übergießen, die Chemie des Körpers wird den Duft auf jeder Haut verändern.
So ist es auch mit den Häusern. Es genügt, ein lange unbewohntes Haus zu öffnen, egal, ob es sich auf dem Land, in der Stadt oder an der See befindet, um sofort einen Geruch wahrzunehmen, der diesem Haus eigen ist, der alle Kleider, Möbel und Gegenstände so hartnäckig durchdringt, dass es manchmal Jahre dauert, bis er sich verflüchtigt.

So wie man im Haus Blumensträuße verteilt, so kann man auch verschiedene Duftnoten setzen, die man der Jahreszeit und dem Zimmer anpasst. Würzige und nach Holz riechende Düfte für den Winter, Frucht- oder Blumendüfte für ein Schlafzimmer, Düfte nach Laub, Gewürzen und Zitrusfrüchten im Sommer.

Parfums für die persönliche Note

Wenn Sie den Geruch der Herbstfrüchte mögen, können Sie auf ein Regal oder auf einen Schrank eine Quitte zum Reifen legen. Sie wird das Zimmer mit einem fruchtigen, nach Ambra duftenden Aroma erfüllen.
Die Duftspender sind leicht zu benutzen und verbreiten im Raum sehr schnell den Duft ihrer Wahl. Allerdings darf der Duftspender mit dem Parfum nicht direkt auf eine heiße Glühbirne gelegt werden, sie könnte zerplatzen.
Auch Duftkerzen sind sehr angenehm. Wenn sie sich in einem Glasbehälter befinden, darf man sie nicht auf eine kalte Fläche stellen, solange sie noch warm sind: das Glas würde zerbrechen. Auch sollte man regelmäßig den Docht abschneiden, damit die Kerze nicht rußt, und ihn immer wieder in der Mitte aufrichten.

Duftende Orangen und Zitronen

Bewahren Sie im Winter Orangen- und Zitronenschalen auf. Wenn Sie einen Elektroherd benutzen, legen Sie die Schalen einfach auf die leicht erwärmten Kochplatten. Sie werden in der Küche einen angenehmen Duft verbreiten.

BILD OBEN
Ein besticktes Taschentuch dient als Hülle für ein »Duftkissen« um Nachttisch oder Schubladen zu parfümieren.

Düfte-Potpourris

Unsere englischen Nachbarn haben die Kunst der Duftmischungen, in denen sich unzählige Sorten von Blättern, Blütenblättern, Borken, Schalen, Wurzeln und duftigen Früchten mischen, aufs Höchste verfeinert.

Das grüne Potpourri

Zitronenmelisse, Eisenkraut, Rosmarin,
Minze, Melisse, Salbei, Pelargonie
Schalen von Limetten und Zitronen,
je etwa 50 Gramm
2 Stangen Zimt
1 Vanilleschote
3 Tropfen Lavendelöl
3 Tropfen Orangenblütenöl oder Bitterorangenöl
1/2 Teelöffel geriebene Muskatnuss
1/2 Teelöffel Gewürznelken

Alle Zutaten miteinander vermischen. Damit es hübscher aussieht fügen Sie farblich aufeinander abgestimmte Blütenblätter hinzu.

Düfte gegen Ungeziefer

Manche Pflanzen werden seit Generationen benutzt, um Fliegen und Mücken fern zu halten.

~ In den südlichen Landesteilen Frankreichs, wie den Landes (Südwestfrankreich) und in der Provence, aber auch in Italien und Spanien stellt man Töpfe mit Basilikum oder Geranien an den Fenstern auf, um die Mücken fern zu halten.

~ Unsere Großmütter bestrichen Fenster- und Spiegelrahmen mit Zwiebelsaft, um die Fliegen fern zu halten.

~ In Spanien sieht man im Sommer in Lebensmittelläden auch heute noch kleine Schalen, in denen halbierte, mit Gewürznelken gespickte Zitronen liegen: auch damit versucht man, die Fliegen fern zu halten.

~ Ein altbewährtes Rezept gegen Mücken besteht darin, irgendwo im Zimmer eine Schale mit Zitronenmelissenöl aufzustellen. Der äußerst starke Geruch verjagt sie ganz gewiss. Aber Vorsicht! Nie direkt auf die Haut auftragen, es brennt!

Bild links oben
Eine wirksame Wespenfalle: etwas Zuckerwasser auf dem Gefäßboden genügt, um die Insekten anzulocken und zu fangen.

Bild rechts
Ein Potpourri mit duftenden Blättern und Blütenblättern, zu jeder Jahreszeit ein anderes.

Blumen und Blumensträuße

Mit Blumen kommt die Natur in ihrer schönsten Form – mit ihren Farben und Düften – ins Haus. Die Gärtner wissen, dass es keineswegs grausam ist, eine Rose, eine Dahlie oder eine einfache Geranie abzuschneiden oder zu pflücken. Denn an der Schnittstelle wächst bald schon eine andere und kräftigere Blüte nach.

Schnittblumen

Geben Sie immer einen Fingerhut voll Chlor (oder etwas »Blütenfrisch«) in das Blumenwasser, damit das Wasser nicht verfault, und wenn möglich wechseln Sie es täglich!

Um einen etwas verwelkten Strauß aufzufrischen, wickeln Sie ihn eng in Zeitungspapier ein und tauchen Sie ihn für ein paar Minuten in einen Eimer voll warmem Wasser. Gießen Sie eiskaltes Wasser hinzu und lassen Sie den Strauß dann eine Stunde darin stehen.

Bei Dahlien sollte man nicht die Knospen pflücken, sie gehen nur selten auf.

Islandmohn und Klatschmohn halten sich länger, wenn man vorsichtshalber die Stängelenden mit einer Kerze oder einem Feuerzeug ansengt.

Veilchen verwelken weniger schnell, wenn man die Blüten in frisches Wasser taucht. Man kann sie auch regelmäßig besprühen.

Damit die Lilien keinen gelben Blütenstaub auf den Tischdecken und Möbeln hinterlassen, sollte man ganz einfach die Staubgefäße mit einer Nagelschere entfernen.

Tulpen, Narzissen und ähnliche Blumen

Stechen Sie die Stängel der Narzissen und der Osterglocken mit einer Nadel an, damit sie das Wasser leichter aufnehmen können und somit auch länger halten.

BILD LINKS
Sobald die Veilchen gepflückt sind, nehmen sie kein Wasser mehr auf. Also muss man sie mindestens einmal am Tag mit Wasser bestäuben, damit sie sich länger halten. Man kann sie auch nachts in den Kühlschrank stellen.

BILD OBEN
Christrosen halten sehr lange in der Vase, wenn der Raum nicht sehr warm ist. Nachts sollte man sie am besten ins Freie stellen.

Anemonen, Tulpen, Hyazinthen, Narzissen und Christrosen mögen die Wärme der Wohnung nicht. Sie halten länger, wenn man sie über Nacht hinausstellt, vorausgesetzt, dass es nicht friert.

Blumen mit harten Stielen

Blumen mit steifen Stielen wie Rosen, Flieder, Chrysanthemen, Forsythien und japanische Zierkirsche müssen einer besonderen Behandlung unterzogen werden, damit ihre Zweige das Wasser aufnehmen: die Stängelenden müssen mit dem Hammer platt geklopft oder mit einer Gartenschere zweimal eingeschnitten werden.

Wenn Sie mitten im Winter den Frühling ins Haus holen wollen, genügt es, Zweige von Kirschbaum, japanischer Zierkirsche, Forsythie oder Schneeballen in eine Vase zu stellen. Zuerst werden sich helle, zartgrüne Blätter entfalten, dann werden die Blüten in der Wärme des Hauses aufgehen.

Bild unten
Wenn man die Schneeballzweige im Winter pflückt, werden sich ihre zarten hellgrünen Blüten im Haus öffnen.

Rechte Seite
Bei Islandmohnblüten müssen die Stängel angesengt werden, damit der Saft nicht ausläuft und sie länger in der Vase halten. Für Klatschmohn gilt das gleiche Verfahren.

Die einfachste Art wunderschöne Sträuße zu erhalten, besteht darin, sie sonnen- und feuchtigkeitsgeschützt kopfüber aufgehängt trocknen zu lassen.

Um das Trocknen zu beschleunigen, können Sie einen mild vorgewärmten Backofen benutzen. Dieses Verfahren eignet sich besonders für Rosen.

Diese zu Sträußen gebundenen Blumen können Sie ganz einfach am Rahmen eines alten Paravents oder eines Handtuchhalters aufhängen. So können sie sowohl Ihr Wohnzimmer wie Ihr Schlafzimmer schmücken.

Ein Digitalis-Aufguss für Blumensträuße

100 g frisch gepflückte Fingerhut-Blätter
1 Liter Wasser

1. Das Wasser zum Kochen bringen und die Blätter hineingeben. Ein paar Minuten ziehen lassen.
2. Wenn der Aufguss kalt ist, in eine Flasche gießen, beschriften und kühl aufbewahren. Vor Kindern schützen.
3. Diesen Aufguss in das Blumenwasser mischen (2/3 Wasser – 1/3 Aufguss). Die Sträuße halten dann länger.

Um Blumen zu trocknen, können Sie auch folgende bewährte Methode anwenden: besorgen Sie sich sehr feinen, hellen Sand, bedecken Sie damit den Boden einer Schachtel, die lang und hoch genug ist, um Blüten und Stiele aufzunehmen. Legen Sie Ihre Blumen darauf und bedecken Sie sie vorsichtig mit einer dicken Sandschicht. Schließen Sie die Schachtel, lagern Sie sie ungefähr zwei Wochen an einem trockenen Platz. Wenn die Blumen wirklich trocken sind, ›knistern‹ die Blütenblätter.

Die Stiele von getrockneten Blumen sind zerbrechlich. Sie können sie durch Blumenbinderdraht ersetzen

Das Trocknen der Blätter

2/3 Wasser
1/3 Glyzerin (aus der Apotheke)

1. Das Wasser zum Kochen bringen und Glyzerin hinzufügen.
2. Die Blätter hineintauchen.
3. Trocknen lassen. Die Dauer der Trocknung ist unterschiedlich. Sie ist beendet, wenn die Blätter wächsern aussehen.

Dieses Verfahren macht die Farben der Pflanzen dunkler. Zum Trocknen eignen sich am besten Eichen- und Ahornblätter wegen ihrer prachtvollen goldenen oder roten Farbtöne. Man kann auf diese Weise aber auch Buchen-, Magnolien- und Buchsbaumzweige trocknen.

Bild unten
Der Rahmen eines alten Paravents ist ein geeignetes Gestell, um die Sommerblumensträuße zu trocknen.

Rechte Seite
Die Kristalle der Kieselsäure ermöglichen das Trocknen vieler Blumensorten, da sie Farbe und Form vollständig erhalten.

SAVON
DE
MARSEILLE
600
GRAMMES

Möbel, Dielen und Parkettböden

Der Geruch von poliertem Holz und der Glanz der Möbel, in denen sich die Räume widerspiegeln, versinnbildlichen die Ordnung und die Vollkommenheit jener Häuser, deren Interieurs man auf den Bildern der Flämischen Maler bewundern kann. Um diese Möbelstücke und Parkettböden auf Hochglanz zu bringen, gibt es nichts Besseres als die altbewährten Mittel, wie das nach Honig duftende Bienenwachs.

Zieht man den schlichten und natürlichen Anblick des unbehandelten Holzes vor, wird der Boden nur feucht gewischt. Im Laufe der Monate und Jahre nimmt er den sanften Farbton heller Asche an, der an die täglich geschrubbten Schiffsdecks erinnert!

Die Holzmöbel

Wenn ein Möbelstück oder eine Schublade schwer zu- oder aufgehen, reiben Sie die Kanten mit trockener Kernseife ein.

Um zu verhindern, dass Wasser auf gewachstem Holz Flecken hinterlässt, reiben Sie die Stelle sofort mit einem Korken ab, immer in Richtung der Maserung.

Sie können Schädlinge von Ihren Möbeln fern halten und den Möbeln zugleich auch einen angenehmen Geruch verleihen, indem Sie sie regelmäßig mit insektenabwehrendem Lavendelöl einreiben.

Machen Sie sich ihr eigenes Staubtuch: tauchen Sie ein feines Baumwolltuch in eine Mischung aus Wasser (1/2) und Glyzerin (1/2). Glyzerin zieht den Staub an und macht das Holz glänzend.

Schiffsplanken-Boden

Ein roher Parkettboden, ungebohnert und unversiegelt, bietet eine einfache Freude für jedes Auge.

Je häufiger man ihn wischt, desto grauer wird er: Er nimmt die Farbe heller Asche an und wird glatt und sanft. Das ist auf das Chlorwasser zurückzuführen, das man der Kernseife hinzufügt. Es hinterlässt zwar einen speziellen »Duft«, aber man kann ja auch sparsam damit umgehen!

Holzliebhaber werden einwenden, dass man solch eine Behandlung nur minderwertigem Holz zumuten kann, Tanne oder Kiefer etwa, und raten davon ab, wenn es sich um Parkettböden aus alter Eiche oder anderen wertvollen Holzarten handelt. Es gibt jedoch eine unbestimmte Sehnsucht nach gründlich mit viel Wasser geschrubbten Schiffsplanken. Und dazu gibt es Menschen, die sauber riechendes Holz mögen, auf dem die Großen und die Kleinen barfuß gehen können, denn seltsamerweise, je mehr das Holz gewischt wird, desto glatter wird es und desto mehr verschwinden die Splitter …

Man kann einen Holzboden auch blank scheuern, ohne ihn täglich oder zweimal wöchentlich mit Chlorwasser zu putzen. Wenn der Boden gebohnert war, muss er eben abgezogen oder geschliffen werden.

Möbelpolitur

180 g gelbes Wachs
180 g Terpentin
50 g Kernseife

1. Zerkleinern Sie Wachs und Seife auf einer Raspel.
2. Geben Sie das Ganze in Terpentin und rühren Sie mit einem Holzlöffel gut um.
3. Wenn sich alles aufgelöst hat, gießen Sie die Zubereitung in ein sorgfältig etikettiertes Gefäß.

Gewachstes Holz

Zieht man aber im Haus den Duft von gewachstem Holz vor oder die glänzenden Böden, die an die Vollkommenheit der Flämischen Gemälde erinnern, so bleibt nur noch die Lösung der regelmäßig gebohnerten Parkettböden. Diejenigen, die es eilig haben, werden sich mit den Fertigprodukten begnügen, während die Traditionsbewussten auf altbewährte Mittel zurückgreifen werden, die aus unvergleichlich duftendem Bienenwachs bestehen. Vermeiden Sie die mit Silicon vermischten Wachssprühdosen: sie taugen nichts, denn sie lassen das Holz zwar äußerlich glänzen, trocknen es aber im Innern aus.

Bohnerwachs für Parkettböden

250 g Bienenwachs
250 g Terpentin

1. Raspeln Sie das Wachs auf einer groben Reibe klein.
2. Lösen Sie das geriebene Wachs im Terpentin auf. Das Auflösen in kaltem Terpentin dauert länger, ist aber weniger gefährlich als das Auflösen im warmen (im Wasserbad erhitzten) Terpentin.
3. Rühren Sie die Mischung öfter um. Wenn die erhaltene Flüssigkeit nicht homogen genug ist, tauchen Sie das geschlossene Gefäß ganz einfach in eine mit sehr heißem Wasser gefüllte Schüssel .

Paste für vergoldete Holzrahmen

Um alte vergoldete, nicht besonders wertvolle Holzrahmen zu säubern, sollten Sie dieses altbewährte Rezept befolgen.

1 steif geschlagenes Eiweiss
1 Esslöffel Chlorwasser – falls erhältlich Javel

1. Gut vermischen und behutsam mit einem Pinsel die erhaltene Paste auf den Rahmen auftragen.
2. Ein paar Minuten einwirken lassen.
3. Mit einem feuchten Schwamm entfernen und dann mit einem weichen Baumwolltuch polieren.

Bohnerwachs mit Seife

Früher benutzten Hausfrauen auch ein Bohnerwachs, das aus Seifenwasser und Wachs bestand. Es hatte den Vorteil, dass der Staub nicht mit dem Wachs ins Holz eingerieben wurde.

130 g Bienenwachs
1 gehäufter Esslöffel Schmierseife oder geraspelte Kernseife
3 Esslöffel Kristallsoda
1 Liter warmes Wasser

1. Raspeln Sie Wachs und Seife klein.
2. Mischen Sie sorgfältig alle Zutaten.
3. Gießen Sie die Mischung in ein luftdicht schließendes und sorgfältig etikettiertes Gefäß.

Dieses Wachs wird warm oder etwas erwärmt mit einem Pinsel aufgetragen. Das Holz muss dann ein paar Stunden trocknen, bevor man es poliert.

Glänzendes Geschirr

Was einst den ganzen Stolz der Hausfrauen ausmachte, das waren ihre Geschirrschränke, die fein aneinandergereihten und gestapelten Platten, Suppenschüsseln, flachen Teller und tiefen Teller und die unvergleichlich glänzenden Gläser.

Anfang des Jahrhunderts beschrieb die Gräfin de Gence in ihrer Enzyklopädie des praktischen Lebens, aus wie vielen Teilen ein zweckmäßiges und vollständiges Tafelservice bestehen sollte. Ihrer Meinung nach sollte es »mindestens 12 Suppenteller haben, zwei Dutzend flache Teller, 12 Dessertteller, eine Suppenschüssel, eine Salatschüssel, zwei runde Platten, eine große runde Schüssel, eine ovale Platte, eine Saucière mit Unterteller, 2 kleine Hors d'oeuvre-Schalen, eine große Schüssel, eine Gemüseschüssel, eine Kompottschüssel und 2 Obstschalen«. Diese Fülle lässt sich durch die damaligen, äußerst strengen Tischregeln erklären.

Ganz zu schweigen von den Kristallgläsern natürlich, von denen es nicht weniger als hundert in verschiedenen Größen und für verschiedene Zwecke gab: das Glas für das Wasser, für den Burgunder- und den Bordeauxwein, das Madeiraglas, den Römer, das Champagnerglas und auch das Glas für den Orangensaft ... Die Becher benutzte man nur für Limonade oder Bier, die kleinen Gläser für die Liköre und dazu brauchte man 6 bis 8 Karaffen!

Die Besteckgarnitur war weniger üppig ausgestattet, bestand jedoch manchmal aus über 60 Teilen aus Silber, oder aus versilbertem Metall, was nicht ganz so teuer war.

Die Messer

Bevor der rostfreie Stahl erfunden wurde, rosteten die Messerklingen, besonders wenn sie mit Säure wie Essig oder Zitrone in Berührung kamen. Aus diesem Grund durften zum Salat essen keine Messer benutzt werden. Dieser Brauch hat heute noch in den Anstandsregeln Gültigkeit.

Um die Klingen zu polieren, rieb man sie mit Hilfe eines Korkens mit Politur ein. Um den Rost zu entfernen, stieß man sie ganz einfach in die Erde!

Reiben Sie die Klingen auf einer halbierten Kartoffel, die Sie mit Natron und Kieselgur imprägniert haben. Trocknen lassen und dann mit einem feinen Tuch blank reiben.

Falls Sie Fisch, Zwiebeln oder Knoblauch geschnitten haben, vergeht der Geruch, wenn sie die Klingen in heiße Asche stecken.

Das Besteck

Als früher das Besteck mit Monogrammen versehen war, standen in Frankreich die Initialen des Besitzers auf der Rückseite. In England war genau das Gegenteil der Fall. Das erklärt auch, warum die Franzosen die Gabeln mit den Zinken nach unten auf den Tisch legen, während die Deutschen wie ihre englischen Nachbarn das Gegenteil machen.

Bestecke mit Horngriff sollten nicht in die Geschirrspülmaschine. Waschen Sie sie mit lauwarmem Wasser, denn das Horn zerbricht im heißen Wasser und das Metall würde sich in der Scheide zu sehr ausdehnen und das andere Material sprengen. Reiben Sie die Griffe von Zeit zu Zeit mit Olivenöl ein, damit sie glänzen. Dieser Ratschlag gilt auch für Griffe aus Perlmutt oder Ebenholz.

Niemals Silberbesteck und Edelstahlbesteck zusammen abwaschen- das Silber würde vom härteren Stahl zerkratzt.

Das Abwaschen wertvoller Gläser

Für Kristallgläser greift man auf altbewährte Methoden zurück, denn die Geschirrspülmaschine würde sie allmählich trüben. Man sollte sie lieber mit der Hand spülen.

Um zu vermeiden, dass Gläser sowie Porzellan- und Steingutgeschirr beim Spülen angeschlagen werden oder Sprünge bekommen, legten unsere Großmütter einen Lappen oder ein Geschirrtuch in die Abwaschschüssel.

Sie können auch eine Zeitung in kleine Stücke zerschneiden. Das für die Herstellung der Druckerschwärze benutzte Erdöl macht aus Zeitungspapier ein geeignetes Reinigungsmittel … Stecken Sie die Papierfetzen in die Gefäße, die Sie reinigen wollen und füllen Sie mit Wasser auf. Dann gründlich schütteln und mit heißem Wasser spülen.

Wenn ein Glas wirklich sehr verschmutzt ist, sollten Sie Wasser und Sand hineingeben und kräftig schütteln, um alle Flecken zu entfernen.

Wenn eine Flasche Öl oder andere fette Flüssigkeiten enthalten hat, gießen Sie heißen, mit Wasser verdünnten, Kaffeesatz hinein. Er reinigt und entfernt jeglichen Geruch. Auf diese Weise kann man auch Parfumfläschchen reinigen.

Problemlos Glasgefäße mit Etiketten versehen

Wenn Sie ohne Klebstoff eine Flasche, ein Weckglas, einen Topf oder ein Fläschchen mit einem Etikett versehen wollen, gibt es eine einfache Lösung: tauchen Sie das Etikett in Milch und kleben Sie es sofort auf. Glätten Sie es mit einem feuchten Schwamm oder Tuch, um die Luftblasen unter dem Papier und die Milchspuren zu entfernen. Dann brauchen Sie nur noch das Etikett zu beschriften.

Bild rechts
Um eine Flasche mit einem Etikett zu versehen, ist kein Klebstoff nötig! Das Etikett mit Milch anfeuchten und sofort mit einem feuchten Tuch oder Schwamm auf das Glas drücken.

Rechte Seite
Mit einem Geschirrtuch in der Abwaschschüssel können Sie die feinsten und zerbrechlichsten Gläser spülen, ohne sie zu zerkratzen oder anzuschlagen.

Wie Gläser, Flaschen und Karaffen ihren Glanz zurückgewinnen

Schalen von 6 Eiern
Saft einer halben Zitrone
oder 1/2 Glas Essig

1. Zerkleinern Sie die Eierschalen und geben Sie die winzigen Stückchen in die zu reinigenden Behälter hinein.
2. Fügen Sie den Zitronensaft oder den Essig hinzu.
3. Über Nacht stehen lassen, bis die Eierschalen sich aufgelöst haben. Benutzen Sie eine Flaschenbürste, um bei den stark verschmutzten Stellen nachzuhelfen.
4. Spülen Sie mit heißem Wasser nach.

Töpfe und Pfannen

In der Provence, wo man sehr viel in Tontöpfen kochte, rieben die Köchinnen gewöhnlich die Böden ihrer Tiegel und Schmortöpfe mit einer in Öl getauchten Knoblauchzehe ein. So hielt der gebrannte Ton einwandfrei die Hitze aus.

Im Elsass füllte man die Tontöpfe mit kochender Milch und ließ sie eine ganze Nacht stehen. Am folgenden Tag wurde der Topf gespült und war nun vollkommen wasserdicht geworden.

Der Schachtelhalm (Equisetum arvense) ist eine Pflanze, die auf feuchtem Boden aber auch auf Sand gedeiht. Auf dem etwas knorrigen Hauptstängel wachsen dünnere und zerbrechlichere Stängel. Er enthält Kieselsäure (Silicium), so wie die Salze des Siliciums. Deswegen benutzte man ihn früher auf dem Land um Töpfe und Metall zu scheuern.

Um ein pflanzliches Putzkissen wie früher herzustellen, müssen Sie sich eine Handvoll Schachtelhalme besorgen. Flechten Sie die Stängel so, dass ein Viereck entsteht, das zum Scheuern von Metall und Töpfen benutzt werden kann.

Wenn Sie selbst keinen Schachtelhalm finden können, bestellen Sie einfach beim Blumenhändler einen Strauß »falschen Bambus«. Es handelt sich da um japanischen Schachtelhalm, der für diesen etwas erstaunlichen Zweck genauso geeignet ist wie der unsere.

Doch um Metall zu polieren, sollten Sie lieber den heimischen Schachtelhalm benutzen; der etwas dickere Schachtelhalm des Blumenhändlers eignet sich besser zum Scheuern von sehr verrußten oder mit Fett verschmierten Metallgefäßen.

Das Aufbewahren des Geschirrs

Wenn Sie wertvolles altes Geschirr besitzen, an dem Sie sehr hängen (Teller, Tassen, Porzellanschalen oder glasierte Keramikplatten), denken Sie an das Seidenpapier! Ein einfacher Seidenpapierbogen zwischen den verschiedenen Teilen verhindert, dass sie sich gegenseitig beschädigen.

Sollten Sie einen oder mehrere Teller zerbrechen, verzweifeln Sie nicht, nur weil das Service nun unvollständig ist. Machen Sie sich lieber den Spaß, gleichfarbige und -förmige Teller zu kombinieren, oder spielen Sie mit entgegengesetzten Farben oder ähnlichen Farbtönen, indem Sie die Teller abwechselnd auf dem Tisch anordnen.

Linke Seite
Schachtelhalm vom Blumenhändler (falscher Bambus): damit wird der schwärzeste Kochtopfboden wieder sauber.

Bild rechts
Die provençalische Methode, um feuerfestes Tongeschirr zu »härten«: der Boden wird mit rohem Knoblauch und danach mit Olivenöl eingerieben.

Blitzblank und sauber

Die unauffälligen Gegenstände des täglichen Lebens, die uns umgeben, verdienen unsere Aufmerksamkeit. Unsere Hände können den bescheidensten wie den wertvollsten Glanz und Farbe verleihen, dank der geheimen Rezepte, die von den Müttern an ihre Töchter weitergeben werden. Man lernt auch auf altbewährte Eigenschaften von Produkten zurückzugreifen wie etwa die Schlämmkreide, um die sich noch immer unaufgeklärte Geheimnisse ranken. Wodurch hat sich dieses einfache Mittel, das einst zur regelmäßigen Pflege von Metall und Glas benutzt wurde, im Französischen die doppelte Bezeichnung »Meudon-Weiß« oder »Spanischweiß« verdient? Diese Frage wird für die Frauen des XX. Jahrhunderts unbeantwortet bleiben …

Der Glanz des Metalls

Wenn Sie im Winter ein Feuer im Kamin machen, sammeln Sie die Asche und mischen Sie sie mit etwas Öl. Diese Paste ist hervorragend, um auf sanfte Weise Aluminium- oder rostfreie Metalltöpfe sowie Gegenstände aus Zinn oder Eisen zu putzen.

Bronzegegenstände

Bronze kann man ganz einfach mit Seifenwasser putzen. Wenn der Gegenstand sich außerhalb des Hauses im Freien befindet, kann man ihn mit einer Wachsschicht schützen und polieren.

Vergoldete Bronzegegenstände putzt man mit Silberputzmittel: feine Schlämmkreide mit etwas Wasser und Spiritus angerührt.

Silber

Angelaufenes Silber wird seinen Glanz wieder finden, wenn Sie die Gegenstände in einen Topf Wasser tauchen, in dem Sie vorher eine Aluminiumfolie haben aufkochen lassen.

Das Kochwasser von geschälten Kartoffeln ist hervorragend geeignet um Silber wieder glänzend zu machen. Man kann es auch gleich mit dem Fruchtfleisch der gekochten Kartoffel einreiben.

LINKE SEITE
Salz, Mehl und Zitronensaft (oder heller Essig) genügen, um die schmutzigsten Kupfergegenstände blank zu scheuern.

BILD OBEN
Mit einer feinen Wachsschicht und regelmäßigem Polieren werden einem Bronzetürklopfer Glanz und Patina erhalten bleiben.

Bild oben
Sauerampfer eignet sich sehr gut zum Putzen von Zinn.

Rechte Seite
Messerklingen und Silberbesteck werden mit der altbewährten Schlämmkreide wieder glänzend.

Kupfer

~ Zitronensaft, mit einem Pinsel aufgetragen, reicht meistens aus, um Kupfer zu putzen und glänzend zu machen. Auch Sauerkrautsaft ist geeignet.

~ Frischer Sauerampfer, sowie das Grüne des Lauchs bringen Kupfer und Zinn zu vollem Glanz.

~ Damit das geputzte Kupfer noch glänzender wird, sollte es einige Stunden der Sonne ausgesetzt werden.

~ Der Glanz wird länger anhalten, wenn Sie die Gegenstände zum Schluss mit zerknülltem Zeitungspapier oder feinem Sand polieren.

Spiegel und Fenster

~ Zerknülltes, feuchtes Zeitungspapier putzt die Fensterscheiben am allerbesten.

Paste für Silbergegenstände

Früher wurden alle Silbergegenstände oder versilberten Metalle nach folgendem Rezept behandelt.

2 Esslöffel Spiritus
1 Esslöffel Schlämmkreide

1. Zum Putzen ein weiches Baumwolltuch in eine Mischung aus Spiritus und Schlämmkreide tauchen. Handelt es sich um ziselierte Gegenstände, muss eine kleine weiche Bürste verwendet werden.
2. Trocknen lassen und mit einem sauberen Lappen oder einem Fensterleder polieren. Falls in der Ziselierung weiße Spuren zurückbleiben, kann man sie mit Spiritus oder Zitronensaft entfernen.

Paste für Kupfergegenstände

Saft einer Zitrone
2 Esslöffel Mehl
1 Esslöffel feines Salz

1. Bereiten Sie die Paste mit allen Zutaten.
2. Tragen Sie die Mischung mit einem Pinsel oder einem weichen Tuch auf.
3. Ein paar Minuten einwirken lassen.
4. Mit klarem Wasser spülen und mit dem üblichen Kupferputzmittel oder feinem Kalk polieren.

Körbe, Gegenstände aus Stroh oder Weide

~ Um sie zu entstauben oder zu reinigen, können Sie die Gegenstände ohne weiteres ein bis zweimal im Jahr mit dem Gartenschlauch oder in der Badewanne abspritzen! Dann an der frischen Luft trocknen lassen!

~ Sie können die Langlebigkeit einer Strohmatte verlängern, wenn Sie sie mit warmem Salzwasser waschen. Um sie dann vor Schmutz zu schützen, tragen Sie eine dünne Wachsschicht auf und polieren die Matte mit einem weichen Tuch.

~ Das Rohrgeflecht der Stühle dehnt sich oft aus. Um ihnen ihre ursprüngliche Form wiederzugeben, muss man die Kehrseite des Rohrgeflechts reichlich mit kochendem Wasser benetzen und es dann so schnell wie möglich in der Sonne oder vor einer anderen Wärmequelle trocknen.

~ Fügen Sie einem Liter Wasser einen Teelöffel Ammoniak (Salmiakgeist 25 % in der Apotheke) zu, tauchen Sie ein feines Tuch in die Mischung. Putzen Sie Fensterscheiben und Spiegel damit, sie werden glänzen wie noch nie!

~ Fensterscheiben darf man nie in der Sonne putzen: das Putzmittel trocknet dann zu schnell und hinterlässt weiße Spuren.

~ Brennspiritus kann alle üblichen im Handel erhältlichen Putzmittel ersetzen und ist viel billiger!

~ Um die Spiegel und Fensterscheiben blank zu putzen, benutzten die Glaser früher eine Mischung aus Wasser, Schlämmkreide und Brennspiritus, jeweils zu 1/3.

~ Um zu verhindern, dass die Spiegel in Küche und Badezimmer beschlagen, können Sie sie leicht mit Glyzerin einreiben. Dann mit einem sauberen Tuch blank putzen.

~ Trockene Kernseife, auf eine Fensterscheibe gerieben, erfüllt denselben Zweck.

Die Teppiche

Die Mittel, die man früher benutzte, um Teppiche aufzufrischen, waren manchmal ziemlich erstaunlich. Nachdem man den Teppich entstaubt hatte, bestreute man ihn mit Teeblättern oder Kaffeesatz. Ein halbierter Kohlkopf wurde über den ganzen Teppich gerieben, und jedes Mal wieder neu zugeschnitten, wenn die Blätter den Schmutz aufgesaugt hatten.

~ Um die Farben eines Teppichs aufzufrischen, fügen Sie einem Liter Wasser zwei Esslöffel Ammoniak (Salmiakgeist) hinzu und reiben dann sachte mit einem mit dieser Flüssigkeit benetzten Schwamm. Danach reiben Sie den Teppich mit einem trockenen Tuch ab.

~ Im Winter kann man den Teppich mit einer dünnen Schneeschicht bedecken und dann ausbürsten, oder ihn auch direkt in den frisch gefallenen (trockenen) Schnee legen und leicht ausklopfen.

BILD OBEN
Gegenstände aus Stroh und Weide werden gründlich mit Wasser abgespritzt und im Freien getrocknet.

RECHTE SEITE
Der große Spiegel hat seinen Glanz wiedergefunden, nachdem er mit der Schlämmkreide gereinigt wurde.

Der Wäscheschrank

Wahrscheinlich hat niemand das geschlossene Universum eines Schrankes und den Platz, den er im Haus einnimmt, besser geschildert als Henri Bergson in »Die Poetik des Raumes«. Der Philosoph zitiert Milosz: »Der Schrank ist ganz erfüllt vom stummen Lärm der Erinnerungen.« »Gibt es auch nur einen einzigen Wörterträumer, der beim Wort ›Schrank‹ nicht in Erregung gerät? Ein jeder Möbelliebhaber [...] weiß instinktiv, dass der Innenraum eines alten Schrankes sehr tief ist. Der Innenraum des Schrankes ist ein intimer Raum, der sich nicht jedem öffnet ... In einem Schrank könnte nur ein Gefühlskalter irgendetwas beliebiges einfach nur ablegen [...]. In einem Schrank existiert ein Zentrum an Ordnung, das das ganze Haus gegen grenzenlose Unordnung schützt. Dort herrscht Ordnung oder vielmehr hat die Ordnung dort die Herrschaft. Die Ordnung darin erinnert sich an die Geschichte der Familie.«

Hat man heute überhaupt noch Zeit dazu, viele Stunden damit zu verbringen, die Wäsche, der ganze Stolz unserer Vorfahren, zu waschen, zu bügeln, zu falten und zu ordnen? Das nach Wachs duftende Schrankinnere legte man gegen den Staub mit Papier aus, und die Wäschestapel waren mit Bändern zusammengebunden. Sobald man die Türen öffnete, entwich dem Schrank ein Duft von Lavendel, der im Sommer gepflückt und in kleine Säckchen gefüllt wurde, die man zwischen die Wäschestapel schob.

Waschen, trocknen, bügeln

Die Reinigung der Wäsche, ein wesentlicher Bestandteil des Alltags, war früher von Aberglauben umgeben. Zum Beispiel durfte man im Haus nicht waschen, wenn jemand krank oder schwanger war, um zu vermeiden, dass ein Unglück über die Bewohner hereinbricht. Bestimmte Tage und bestimmte Zeiten im Jahr waren mit Verboten behaftet: die Adventszeit, die Tage zwischen Weihnachten und Neujahr, die Karwoche, der Totenmonat (November), Mariä Himmelfahrt oder Mariä Lichtmeß, ohne den Freitag, den Todestag Christi, oder die Tage der Menstruation, die von alters her als unrein galten, zu vergessen … Diese Verbote zu missachten, brachte Unglück.

Weißere Wäsche

Fügen Sie beim Waschen Ihrer weißen Unterwäsche ein Säckchen mit Zitronenschalen hinzu; so wird sie strahlend weiß.

Ein beim Spülen hinzugefügtes Glas Wasserstoffsuperoxyd bleicht Weißwäsche und macht sie strahlend weiß.

Essig kann von Nutzen sein, um ein zu stark schäumendes Waschmittel zu neutralisieren: es genügen, je nach Wasserqualität, wenige Löffel oder ein Senfglas voll, um zu starke Schaumbildung zu stoppen.

Feinwäsche

Verwenden Sie zum Waschen von Seide, Wolle und empfindlichen Materialien in dunklen Farbtönen Efeublätter, Panamaholz oder Bier, wie es unsere Vorfahren taten.

Unsere Großmütter verwendeten manchmal das Kochwasser von dicken Bohnen zum Waschen dünner Baumwollstoffe und Seiden- oder Baumwollmusselins.

Früher benutzte man dunkles Bier zum Reinigen von wertvoller schwarzer Spitze.

Sie können auch einen Sud aus Seifenkrautwurzeln zubereiten, einer kleinen wild wachsenden Blume, die auf

Waschmittel für stark verschmutzte Wäsche

Früher weichte man Wäsche, die wirklich schmutzig war, in einer Sodalösung ein. Diese Behandlung eignet sich nur für robuste und garantiert farbechte Textilien.

1 Senfglas geraspelte Kernseife
1 Senfglas Soda
2 Kaffeelöffel reines Lavendel- oder Rosmarinöl

1. All diese Zutaten in sehr heißes Wasser einrühren.
2. Die Wäsche darin über Nacht einweichen.
3. Gründlich mit viel klarem Wasser nachspülen.

Böschungen und brachliegenden Feldern wächst. Die fünfblättrigen Blüten sind blassrosa. Früher wurde die Pflanze von Waschfrauen und Tuchmachern oft verwendet, denn wenn man die Blätter und vor allem die Wurzeln, die reich an Saponin sind, dem Wasser zugibt, schäumt es und reinigt alle empfindlichen Materialien; noch heute wenden die Stoffspezialisten des Londoner Victoria und Albert Museums dieses Verfahren an.

Kleie ist ein weiteres Produkt, dessen Verwendung für Textilien in Vergessenheit geraten ist. Für einen Liter Wasser benötigt man eine Handvoll Kleieflocken. Das Kleiewasser wurde zum Waschen von farbiger und feiner Wäsche verwendet.

Bild oben
Das schwarze Leinensommerhemd, gewaschen im Efeubad. Anschließend wird es im Schatten getrocknet.

Rechte Seite
Die Generationen vor uns verwendeten Wurzeln der Iris, um Weißwäsche einen zarten Veilchenduft zu verleihen.

Ein Efeubad

Früher benutzte man Efeuwasser zur Reinigung von empfindlichen Materialien wie schwarzer oder dunkler Seide, Wolle oder Leinen.

100 g Efeublätter
1 Liter Wasser

1. Efeublätter einige Minuten im Wasser kochen.
2. Das Kleidungsstück nass machen, bevor es im Sud eingeweicht wird.
3. Im Sud abkühlen lassen, dann vorsichtig rubbeln und anschließend mit klarem Wasser ausspülen.

Seifenkrautwasser nach altem Rezept

100 g Seifenkrautwurzeln, klein geschnitten
1,5 Liter Wasser

1. Weichen Sie die Seifenkrautwurzeln über Nacht im Wasser ein.
2. Kochen Sie am folgenden Tag das Wasser auf kleiner Flamme eine Viertelstunde lang.
3. Filtrieren Sie die Flüssigkeit und stellen Sie sie zur Seite.
4. Gießen sie 1/2 Liter frisches Wasser auf das schon verwendete Seifenkraut und lassen Sie es erneut 5 Minuten kochen.
5. Filtrieren Sie das Wasser, mischen Sie dann die beiden Flüssigkeiten. Es genügt, das Wasser umzurühren, um es zum Schäumen zu bringen. Sie können das Seifenkraut durch die gleiche Menge in kleine Stückchen geschnittenes Panamaholz ersetzen.

Schwierige Flecken

Den Fleck mit leicht angefeuchteter Kernseife einreiben. Über Nacht einwirken lassen und dann wie gewöhnlich waschen.

Früher verwendete man zur Entfernung von Tinten- oder Obstflecken aus weißer Wäsche Sauerampfersalz (Sauerampfer enthält Oxalsäure) oder Oxalsäure. Aber diese Schockbehandlung will vorsichtig angewandt werden: Den verunreinigten Teil anfeuchten, dann mit etwas Säure beträufeln und einige Minuten einwirken lassen. Vorsicht: Wenn die Säure zu lange mit dem Stoff in Kontakt bleibt, könnte er Löcher bekommen! Gründlich ausspülen.

Rost- oder Blutflecken verschwinden oder werden schwacher, wenn Sie mit reichlich Saft von Rhabarberstängeln oder Sauerampferblättern getränkt werden (es genügt, Stängel oder Blätter im Mixer zu zerkleinern). Danach wie gewohnt waschen.

Einen Blutfleck kann man auch entfernen, indem man ihn mit Wasserstoffsuperoxyd oder reinem Zitronensaft befeuchtet.

Wenn sich auf alter Wäsche rote Spuren oder Flecken zeigen, die Wäschestücke in ungekochter Frischmilch einweichen (unsere Vorfahren benutzten Molke) und in die Sonne legen, bevor sie wie gewohnt gewaschen werden.

Man empfiehlt oft, Rotweinflecken auf einer Tischdecke mit Salz zu bestreuen. Auch wenn es den Wein größtenteils absorbiert, reicht diese Behandlung nicht aus, den Fleck verschwinden zu lassen. Besser mit Weißwein, klarem Alkohol (Wodka oder Schnaps) oder ganz einfach mit reinem Alkohol anfeuchten. Sofort auswaschen.

Linke Seite
Der Saft von Rhabarberstängeln (oder Sauerampferblättern) enthält eine Substanz, die Rost- oder Blutflecken aus der Wäsche ziehen kann.

Mehl als »Trockenreinigung«

Um empfindliche, helle Stoffe zu reinigen, die nicht mit Wasser gewaschen werden können, insbesondere Wollstoffe, kann man Mehl oder Maisstärke verwenden.

Das Kleidungsstück in eine Schüssel legen, mit Mehl bedecken und sanft rubbeln, damit das Mehl überall hingelangt. Über Nacht so liegen lassen, dann das Kleidungsstück ausbürsten und mit einem dünnen Bambusrohr oder einem Teppichklopfer sanft ausklopfen.

Duftende Wäsche

Fügt man dem Waschwasser von weißer Wäsche Wurzeln der blau blühenden florentinischen Iris hinzu, bekommt die Wäsche einen bezaubernden und sehr dezenten Veilchenduft. Diese seltenen Wurzelstöcke kann man im Kräuterhandel finden.

Die oft zu stark parfümierten Weichspüler kann man durch die gleiche Menge an Essigessenz ersetzen. Dem Essig ein paar Tropfen ätherisches Öl nach Wahl (oder parfümierten Essig) beifügen, dies gibt der Wäsche einen wundervollen Duft.

Dem Spülwasser einige Tropfen des Lieblingsparfums oder ätherisches Öl (Lavendel, Eisenkraut, Rosmarin …) hinzufügen. Ebenfalls einen Tropfen ins destillierte Wasser des Dampfbügeleisens geben. Oder auch einen Kaffeelöffel Rosen-, Orangenblüten-, Lavendel-, Salbei-. oder Basilikumwasser beifügen.

Das Trocknen der Wäsche

Auf dem Land legte man die Wäsche zum Trocknen ausgebreitet aufs Gras und ließ sie drei Tage lang auf der Wiese bleichen. Man maß der gemeinsamen Einwirkung von Sonne, Mond und Morgentau die Eigenschaft zu, die Wäsche unvergleichlich weiß zu machen. Zudem weiß man heute, dass die Sonne desinfizierende Wirkkräfte besitzt.

In Holland verwendete man mangels Sonne schon früh aus Indigo oder Waid (ein Kreuzblütler) gewonnenes Blau, um der Wäsche die sehr gefragte zarte azurblaue Tönung zu verleihen.
Diese Gewohnheit breitete sich überall in Europa aus: die blaue Kugel wurde vor nicht allzu langer Zeit noch unter dem unentbehrlichen Zubehör einer guten Hausfrau aufgeführt. Sie wurde in ein Stoffsäckchen gesteckt und mit der Hand in einer Schüssel Wasser ausgedrückt. Wenn das Wasser den gewünschten Farbton angenommen hatte, weichte man darin die saubere Wäsche ein, die man anschließend zum Trocknen aufhängte.
~ Geben Sie im Winter, wenn es sehr kalt ist, eine Handvoll grobes Salz ins letzte Spülwasser. Dadurch wird verhindert, dass die draußen aufgehängte Wäsche gefriert und steif wird.
~ Wenden Sie stets Ihre farbige Kleidung, bevor Sie sie draußen trocknen lassen. So bleicht die Sonne sie nicht aus. Empfindliche Farben muss man im Schatten trocknen lassen.
~ Reibt man Frotteehandtücher sanft zwischen den Händen, werden sie wieder so weich wie vor der Wäsche.

Das Bügeln

~ Sprühen Sie vor dem Bügeln zum Befeuchten Wasser auf die Wäsche und rollen Sie jedes Teil zu einer Kugel. So breitet sich die Feuchtigkeit überall aus.
~ Reiben sie die Bügeleisensohle, wenn sie verunreinigt ist, mit einer halbierten Zitrone ein, die mit Salz bestreut ist.
~ Damit das Bügeleisen besser gleitet, ist es hilfreich, wenn Sie es langsam erwärmen und mit einer Kerze darüber streichen. Mit einem trockenen Tuch abwischen.
~ Um bestickte Wäsche oder Kleidung zu bügeln, ohne dass die erhabene Oberfläche der Stickerei Spuren hinterlässt, muss man ganz einfach ein Frotteehandtuch darunter legen.
~ Sie erhalten bei Ihren Hosen eine tadellose Bügelfalte, wenn Sie ins Innere des Stoffs Packpapier schieben. Ein weiterer alter Trick besteht darin, die Rückseite des Stoffs mit einem Stück trockener Seife einzureiben.
~ Damit ein altes Kleidungsstück seinen Glanz verliert, kann man es mit Essigwasser einsprühen. Bügeln Sie es anschließend mit einem mit Essigwasser befeuchteten Bügeltuch.
~ Wenn Sie das heiße Bügeleisen zu lange auf der gleichen Stelle stehen gelassen haben und es auf der Wäsche Spuren hinterlässt, können Sie versuchen, diese mit der folgenden Mischung zu entfernen: jeweils die gleiche Menge Essigessenz, feines Salz und Seifenraspel. Mischen Sie diese Zutaten und tragen Sie die Masse auf dem Stoff auf. Einige Minuten einwirken lassen und mit lauwarmem Wasser ausspülen.

Appretur nach alter Art

Reiswasser wurde von unseren Vorfahren häufig als natürliche Stärke verwendet, um Feinwäsche oder Hemdenkragen zu stärken.

100 g Stärke
30 g Gummiarabikum (in der Apotheke erhältlich)
1 Liter Wasser

1. Lösen Sie die Stärke im heißen Wasser auf.
2. Geben Sie das Gummiarabikum hinzu und mischen Sie das Ganze.
3. Weichen Sie die Wäsche, die gestärkt werden soll, in dieser Mischung ein. Früher fügten die Wäscherinnen zur Stärke eine Prise Salz hinzu, damit die gestärkte Wäsche nicht am Bügeleisen haftet.

Rechte Seite
Wäsche duftet wundervoll, wenn Sie das destillierte Wasser durch Lavendel-, Orangenblüten- oder Rosenwasser ersetzen.

Traditionelle Färbemittel

Wenn Sie sich tief in Ihrer Seele zum Farbenkünstler berufen fühlen, müssen Sie auf die Pflanzen, die schon seit Jahrhunderten wegen Ihrer färbenden Wirkkräfte bekannt sind, zurückgreifen: Die Färberröte- der Farbstoff Alizarin der Wurzel ergibt alle Rottöne –, Indigo und Waid Blautöne, Gallapfel färbt schwarz, Färberwau (oder -waid), Kurkuma oder Safran gelb. Heute wird der Anbau dieser Produkte wieder gefördert und bei manchen Kräuterhändlern oder in Spezialgeschäften kann man sie sich beschaffen.

Farben auffrischen und erneuern

Wenn Sie weißer Wäsche, die etwas vergilbt ist, zu neuem Leben verhelfen wollen, können Sie sie mit natürlichen Färbemitteln wie schwarzem Tee, Lindenblüten oder sogar Zichorie färben, die als Sud verwendet werden. Auf diese Weise verleihen Sie ihr mehr oder weniger starke Tönungen.

Die Wirkkräfte von Henna oder Zwiebelschalen sind weniger bekannt; in großer Menge verwendet (mindestens 100 g auf 1 Liter Wasser), ergeben sie schöne rostrote Farbtöne.

Es sei denn, man bevorzugt Rüben- oder Blaubeersaft, der zarte rosa oder lilabläuliche Farben ergibt.

Die zum Färben vorgesehenen Stoffe müssen zunächst sorgfältig gewaschen und noch nass ins Farbbad getaucht werden.

Zitronensaft frischt rote Farben auf (1 Glas Zitronensaft auf eine Waschschüssel Wasser).

Ammoniak (Salmiakgeist) frischt blaue Farbtöne auf (3 Esslöffel auf 1 Liter Wasser).

LINKE SEITE
Blaue Kugeln mit Indigopulver: unsere Großmütter haben sie beim Waschen verwendet, um ihrer Wäsche einen leichten Blauton zu verleihen.

Das Färben zu Hause

100 G BLÜTEN, BLÄTTER ODER ANDERE PFLANZENTEILE ODER WURZELN AUF
1 LITER WASSER
1 BIS 2 LÖFFEL ESSIG ODER ZITRONENSAFT

1. Stecken Sie das pflanzliche Färbemittel in ein Musselin- oder Stoffsäckchen. Tauchen Sie es, zusammen mit dem zum Färben vorgesehenen Stoff, ins Wasser ein, das Sie langsam erhitzen.
2. Bewegen Sie den Stoff in der Färbelösung ständig hin und her, damit er gleichmäßig getränkt wird.
3. Wenn Sie einen intensiveren Farbton erhalten möchten, können Sie den Stoff über Nacht einweichen, dann ausspülen.
4. In jedem Fall muss man dem letzten Spülwasser 1 oder 2 Löffel Essig oder Zitronensaft zugeben, um die Farbe zu fixieren.

Verwenden Sie keine Aluminium- oder Kupfergefäße; diese können die Färbung verändern. Bevorzugen Sie emaillierte oder Edelstahlgefäße. Nehmen Sie einen alten Waschzuber, in dem Sie eine große Menge Wasser erhitzen können.

Kleidung und Accessoires

Ach du lieber Gott! Was hatten die Stoffe und Kleidungsstücke, mit denen sich unsere Großmütter schmückten, für wohlklingende Namen! Noch heute würde man sich gerne in einen Morgenrock aus Cloqué kuscheln, sich ein kurzärmliges Hemd aus seidigem Nansok (einem feinen Baumwollgewebe) schneidern, oder auch in einer »Matinée« – einem Morgenkleid (einer halblangen, nicht taillierten Weste) herumbummeln, dazu einen Unterrock aus geköpertem Barchent (weißem Halbleinen) und einer Jacke aus Drell, auf der Knöpfe aus »Corozo« (einer Substanz, die aus Palmensamen gewonnen wird) aufgenäht sind. Am Abend würde ein Schal aus Flockseide (gezwirnte Naturseide) uns den Hals wärmen, der sonst nur mit Gaze verhüllt ist.

Empfindliche Kleidungsstücke aufbewahren

Zögern Sie nicht, sie sorgfältig zwischen weißem Seidenpapier zusammenzulegen und in Schachteln zu verstauen.

Tücher und Schals aus Seide oder Kaschmir, deren Gewebe empfindlich ist, bewahrt man in einer flachen Schachtel oder einem hübschen Täschchen, das für diesen Zweck bestimmt ist, auf.

Damit Röcke oder Hosen keine Falten an den falschen Stellen bekommen, wenn man sie an einem Kleiderbügel aufhängt, muss man diesen mit wattierter Baumwolle umwickeln, oder, noch einfacher, über den Bügel einen auf seine Größe zurechtgeschnittenen Pappzylinder schieben.

Kleidung vor Insekten schützen

Bevor Naphthalin (Mottenpulver) übelriechende Spuren in den Kleiderschränken hinterließ, hatten unsere Großmütter ihre eigenen Rezepte um Motten von Schränken fern zu halten. Wenn auch Lavendel der Hauptfavorit war, verwendeten sie gleichermaßen eine Mischung aus Pyrethrum (kleine wild wachsende Chrysantheme, noch heute als Insektenbekämpfungsmittel in Gebrauch), weißem Pfeffer, Patschuli (für den Duft) und Tabak, mit der sie ihre ganze Kleidung reichlich einpuderten, bevor sie sie in die Schränke räumten.

LINKE SEITE
Tücher und Schals aus Seide und feiner Wolle werden zum Schutz vor Staub in Schachteln aufbewahrt.

BILD OBEN
Pfeffer in den Taschen und im Futter von Kleidungsstücken, die vor dem Sommer weggeräumt wird, um Motten zu vertreiben.

Unsere Vorfahren hängten Säckchen mit Spänen des Kampferbaums (ein Lorbeergewächs) in die Ärmel von Kleidungsstücken. Sie stellten auch Tinkturen auf der Basis von Rosmarin und Feldthymian her, mit denen sie die Kleiderschränke einsprühten, und teilweise taten sie es den Russen gleich, die eine Tinktur aus Koloquinte verwendeten (die Schale der kleinen Melonengewächse wurde in Stücke geschnitten, die man einige Tage lang in Alkohol ziehen ließ). Oft bestreuten sie das Futter ihrer Kleidung mit Pfeffer, bevor sie sie wegräumten.

Räumen Sie Pullis, die sie länger getragen haben, nicht in den Schrank oder in eine Kommode: Motten lieben den menschlichen Geruch!

Wenn Wolle Fusseln bekommt, kann man diese ganz einfach dadurch entfernen, dass man die betroffene Oberfläche mit einem Rasierapparat behandelt. Dabei muss man vorsichtig, und ohne aufzudrücken, vorgehen.

Antimottensäckchen

25 g Pyrethrum in Pulverform
25 g zerstossener weisser Pfeffer
25 g Sandelholzwurzeln oder zerkleinertes Patschuli (manche Kräuterhändler verkaufen es noch, wenn nicht, können Sie es in Form von Essenzen verwenden)
25 g Kampferpulver oder Tabak

Mischen Sie all diese Zutaten und geben Sie das Pulver in kleine Säckchen, die Sie in Schubladen und Schränken aufbewahren. Sie können es auch direkt auf die Kleidung streuen, bevor Sie sie für den Winter oder Sommer wegräumen.

Man kann Wolle und Wollstoff auch mit einer Nagelbürste behandeln. Aber bedenken Sie, dass Wolle umso weniger fusselt, je öfter man sie wäscht …

Wenn Sie Hemden und Blusen auf einem Regal stapeln, ordnen Sie sie abwechselnd mit dem Kragen unten und oben ein, damit sie nicht wegrutschen.

Parfümierte Seife in einem Schrank verbreitet einen angenehmen Duft.

Das Material eines Stoffes erkennen

Verbrennen Sie ein paar vom Saum entnommene Fäden: Wenn es ein Stoff aus Naturfasern ist, müssen sie sich langsam verzehren und den Geruch von verbrannten Haaren freigeben. Wenn ein Anteil an synthetischen Fasern dabei ist, verbrennen die Fäden sehr schnell und scheinen zu schmelzen. Baumwollfäden verzehren sich schnell und ohne Geruch.

Hüte

Ein Strohhut, der seine Form verloren hat, erhält sie wieder, wenn man ihn befeuchtet und ihn auf eine Form aus Holz oder einfach auf den Kopf setzt.

Ein vom Regen ramponierter Samthut wird wieder glatt und glänzend, wenn Sie ihn einige Minuten lang dem heißen Dampf eines Wasserkessels aussetzen. Bürsten Sie danach den Samt mit einer weichen Bürste in Richtung des Stoffes.

Schuhe

Seltsamerweise scheinen Männer am meisten für ihre Schuhe Sorge zu tragen. Manche beschäftigen sich stundenlang damit, ihre sorgfältig ausgewählten Halbschuhe zu pflegen, die in Schönheit altern sollen.

Man erhält einen schönen Glanz, wenn man einen Hauch Schuhcreme, und nicht eine dicke Schicht, auf dem Leder verteilt. Am besten verwendet man einen für diesen Gebrauch bestimmten synthetischen Schwamm. Befeuchten Sie diesen mit heißem Wasser (was angenehmer ist, als auf den Schuh zu spucken, um den Glanz zu verstärken!). Imprägnieren Sie ihn mit Schuhcreme und verteilen Sie eine dünne Schicht davon auf dem Schuh.

VEGETAL

Trocknen lassen und mit einem weichen Tuch zum Glänzen bringen.

Der Glanz lässt sich noch verstärken, wenn man mit einer Zitronenhälfte über den ganzen Schuh streicht, bevor man ihn abschließend noch einmal poliert.

Nichts ist mit einer herkömmlichen Qualitätsschuhcreme zu vergleichen. Auch wenn Schuhcremes mit Silikon das Leder in Rekordzeit zum Glänzen bringen, ist es besser, diese nicht regelmäßig zu verwenden, denn ein übermäßiger Gebrauch führt langfristig zum Austrocknen und Rissigwerden des Leders. Wenn die Schuhcreme anfängt einzutrocknen, genügt es, sie im Wasserbad zu erwärmen oder sie mit ein wenig Zitronensaft, Essig oder Terpentin zu verdünnen.

Lackschuhe werden mit feinem Tuch, das mit Milch, Crème fraîche oder Vaseline getränkt wird, gepflegt.

Um Schuhen aus Wildlederimitation wieder Samtglanz zu verleihen, genügt es, das Leder sanft mit einem hellen, rauen Schwamm zu reiben (gewöhnliche grüne Schwämme hinterlassen möglicherweise grüne Spuren, vor allem auf sehr hellem Leder). Man kann auch sehr feines Sandpapier verwenden.

Nasse Schuhe sollten mit Zeitungspapier ausgestopft werden und nicht in der Nähe einer Wärmequelle trocken, da das Leder sonst hart wird.

Lackleder pflegen

3 Esslöffel Crème fraîche
2 Kaffeelöffel Leinöl

1. Zutaten mischen und diese Creme in dünner Schicht auf das Lackleder auftragen.
2. Trocknen lassen und mit einem feinen Wolltuch zum Glänzen bringen.

Strohhüte reinigen

15 bis 20 g Oxalsäure
1 Glas Wasser oder Saft von 1 Zitrone

1. Säure mit Wasser oder Zitronensaft verrühren. Eine weiche Bürste mit dieser Mischung tränken und das Stroh damit bearbeiten.
2. Einige Minuten einwirken lassen, dann mit klarem Wasser abspülen.
3. Im Freien trocknen lassen.

Wenn es sich um weißes Stroh handelt, können Sie reinen Zitronensaft verwenden, dessen Wirkkraft dadurch verstärkt wird, dass man den Hut der Sonne aussetzt.

Bild oben
Um Schuhen unvergleichlichen Glanz zu verleihen: Einige Tropfen Zitronensaft, polieren, fertig!.

Rechte Seite
Strohhüte sind eine hübsche Zierde für den alten Sessel, der mit einer neuen Farbschicht aufgefrischt wurde.

Damit Ledersohlen wetterfest bleiben, bestreichen Sie sie regelmäßig mit warmem Leinöl, das mit einem Pinsel verteilt wird.

Leinöl auf der Sohle verhindert ebenfalls, dass Schuhe quietschen.

Schuhe, die man an einem feuchten Platz stehen lässt, können von Schimmel befallen werden. Dieser kann leicht mit einem terpentingetränkten Tuch entfernt werden.

Handschuhe

Früher kam es nicht in Frage, ohne Handschuhe und Hut das Haus zu verlassen. Sie waren aus Leder oder Glacéleder gefertigt (Baumwollhandschuhe waren der warmen Jahreszeit vorbehalten) und wurden sorgfältig gepflegt.

Lederhandschuhe rieb man ganz einfach mit Brotkrumen ein, die heute besser durch einen Spezialradiergummi für Nubukleder ersetzt werden. Was Glacéhandschuhe anbelangt, so rieb man diese sanft mit einem mit Benzin getränkten Lappen ein.

Waschbare Handschuhe werden mit Seifenwasser gereinigt. Diesem fügt man einige Tropfen Glyzerin hinzu, um das Leder geschmeidig zu machen. Dann muss man die Handschuhe überstreifen, wie um sie zu tragen, und sie sanft reiben. Danach mit lauwarmem Wasser ausspülen.

Empfindliche Handschuhe können Sie in einer speziellen Schachtel zwischen Seidenpapier aufbewahren. Kenner geben duftende Pflanzen oder parfümierten Talk auf den Boden der Schachtel.

Plüschtiere

Es kommt nicht in Frage, sie in der Maschine zu waschen, es sei denn, sie sind waschbar. Dennoch müssen sie häufig sorgfältig gereinigt werden, besonders wenn sie als Kuscheltier dienen oder überallhin mitgenommen werden.

Schenken Sie ihnen eine zweite Jugend, indem Sie sie in eine zur Hälfte mit Maisstärke oder Talk gefüllte Plastiktüte stecken. Die Tüte gut verschließen und kräftig schütteln. Danach genügt es, die Plüschtiere zu bürsten, um alle Puderspuren zu beseitigen.

Die Reinigung mit Talk eignet sich auch für Modeaccessoires aus Pelz, zum Beispiel einen Kragen, eine Boa, eine Kappe oder eine Mütze. Das Ausbürsten sollte man immer mit einer härteren Bürste vornehmen. Wenn der Pelz hell und schmutzig ist, kann man einen Kaffeelöffel Talk oder Mehl in zwei Löffeln Waschbenzin auflösen und die entstandene Masse dazu verwenden, um die beschmutzte Stelle zu bestreichen. Danach trocknen lassen und ausbürsten.

Linke Seite
Ein paar duftende Schalen, Blüten oder Blätter übertragen ihren Duft auf Lederhandschuhe.

Bild rechts
Der kleine Bär braucht nicht gewaschen zu werden: ein wenig Talk, sorgfältiges Bürsten, und der Schmutz verschwinde …

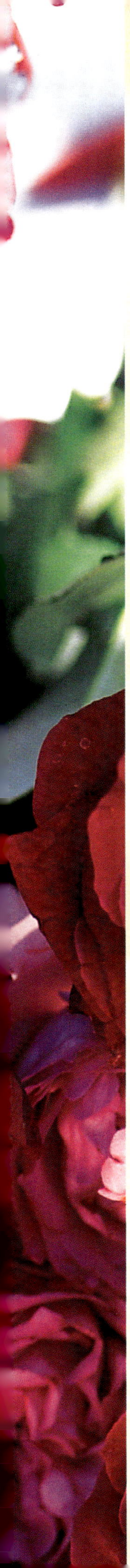

Schönheit und Wohlbefinden

In einer Zeit, in der Parfümerien und Apotheken immer feinere, höchst raffinierte Produkte anbieten, erfreut sich die Naturkosmetik dennoch großer Beliebtheit. Verfahren zur Herstellung von ätherischen Ölen, Cremes und Balsamen greifen immer mehr auf Traditionen zurück, die von sehr alten Zivilisationen stammen. Kosmetikexperten, die in die altüberlieferten Geheimnisse unserer Vorfahren eingeweiht sind, vertrauen bei ihren Behandlungen heute gerne auf die Heilkraft von Pflanzen oder von sehr einfachen Produkten wie Milch, Öl oder Honig.

Gesundheit durch Pflanzen

Die Geheimnisse von Schönheit und Gesundheit mit Hilfe von Pflanzen sind seit uralten Zeiten bekannt. Der Gebrauch von Heilmitteln und Schönheitscremes auf pflanzlicher Basis war in allen Zivilisationen weit verbreitet, zum Beispiel in Ägypten, »wo die Damen der höheren Gesellschaftsschichten Salben mit Süßmandel, Harz, Honig und Zimtöl benutzten« und »die Frauen des Volkes einfache Öle aus Minze oder Thymian« (Thomas de Quincey, Die Körperpflege der hebräischen Frau, 1992), aber auch in Indien, Griechenland und Rom.
Lavendel, Thymian, Rosmarin, Salbei, Knoblauch, Rosen oder Lilien werden seit jeher in Gärten angepflanzt, zum einen wegen ihrer Schönheit, zum anderen wegen der besonderen Eigenschaften, die sie in sich bergen und des Wohlbefindens, zu dem sie führen.

Thymian gegen Schnupfen

Sobald Sie merken, dass ein Schnupfen im Anzug ist, machen Sie sich stündlich einen mit Honig gesüßten Thymiantee. Fügen Sie dem Tee eine Scheibe Zitrone und zwei Gewürznelken bei.

Geben Sie einige Tropfen ätherisches Thymianöl auf ihr Taschentuch oder Kopfkissen. So werden Sie besser durchatmen können.

Lilienöl

Zur Gesichtsreinigung und Heilung kleiner Verbrennungen

100 g frisch gepflückte Blütenblätter der Madonnenlilie
100 g Süssmandelöl

1. Blütenblätter ca. 2 Wochen in das Öl einlegen.
2. Das Öl filtrieren und in beschriftete Fläschchen abfüllen.

Lilie für die Haut

Die Lilie wuchs in allen mittelalterlichen Klostergärten, allerdings sicherlich nicht nur, weil sie die Reinheit der Jungfrau Maria symbolisierte. Sie gehört auch zu den in der *Capitularis de Villis* verzeichneten Pflanzen, einer Zusammenstellung von Pflanzen für die Behandlung kleiner Alltagsleiden. Kaiser Karl der Große hat diese Pflanzen für den Anbau in den Gärten seines Reiches empfohlen.

Die Lilie ist eine Verbündete der Haut, die sie bei der Wundheilung unterstützt. Man benutzt die Blütenblätter oder die in Milch gekochte Knolle. Püriert verwendet man sie zur Heilung von kleineren Hautbeschwerden wie Entzündungen oder Reizungen.

Minze für Hunde

Es gibt viele Arten von Minze, aber besonders eine davon, die Krause oder Floh-Minze (Mentha pulegia) verdankt ihren Namen einer ihr seit dem Altertum zugeschriebenen Eigenschaft: der Fernhaltung von Flöhen (lateinisch pulex = »Floh«)

Auf den Bauernhöfen hat man früher immer einige Minzeblätter der Matratzenfüllung beigefügt; vor allem aber hat man eine dicke Schicht in die oft von Flöhen befallene Hundehütte gelegt.

Johanniskrautöl

100 g frisch gepflückte Johannis-
krautblüten
100 g Olivenöl

1. Öl und Blüten in ein verschlossenes Gefäß geben und mindestens zwei Wochen an einem sonnigen Standort ziehen lassen.
2. Diese Zubereitung, die sich erstaunlicherweise tief dunkelrot gefärbt hat, filtrieren und in Fläschchen abfüllen.

Salbei gegen Transpiration

Lassen Sie frisch gepflückte Salbeiblätter trocknen. Zerreiben Sie diese zu Pulver, das Sie dann mit Talkpuder vermischen. Reiben Sie sich mit dieser Mischung Achseln und Füße ein.

Außerdem können Sie den unangenehmen Geruch von Schuhen beseitigen, indem sie etwas von dem Salbeipräparat in das Innere der Schuhe (vor allem Sportschuhe) geben.

Sie können aber auch einfach einen Bund Salbeiblätter in ihre Schuhe legen.

Die Wirkkraft des Johanniskrautes

Unter den einfachen und früher am häufigsten benutzten Hausmitteln erfreute sich das Johanniskrautöl auf dem Land großer Beliebtheit. Dieses Heilöl von faszinierend roter Farbe fand seine Verwendung vor allem bei der Linderung von Muskelkater und kleineren Schmerzen und bei der Förderung des Vernarbungsprozesses der Haut nach leichten Verbrennungen oder harmlosen Verletzungen. Im Mittelalter wollte man damit sogar böse Geister und hässliche Hexen vertreiben … Heute weiß man, dass das Johanniskraut entzündungshemmend, heilend, beruhigend und antiseptisch wirkt.

Zitrone für den Hals

Traditionell benutzt man Zitrone, um Halsschmerzen bei Angina zu lindern. Die Zitrone ist reich an Vitamin C, das Infekte bekämpft.

Es ist besser, heißen oder warmen Zitronensaft zu verwenden. Mit Honig gesüßt, kann seine lindernde Wirkung verstärkt werden.

Mittel gegen Insektenstiche

Nach dem Stich einer Biene auf dem Land suchen Sie vier beliebige, unterschiedliche Kräuter, mit denen Sie die Haut kräftig reiben. Zu den wohltuendsten unter diesen Kräutern gehört der Wegerich, erkennbar an seinen großen ovalen, geäderten Blättern und dem einer kleinen Puderquaste ähnlichen Blütenstand am Ende eines langen Stängels.

Essig, Zitronen-, Zwiebel- oder Lauchsaft wirken ebenfalls schmerzlindernd nach Insektenstichen.

Lilas Körperpflege

Parfums, Schminke und Kosmetika waren ebenso wie Kleidung und Schmuck seit jeher Mittel zur Verführung …

In seinem kleinen, der Körperpflege der hebräischen Frau gewidmeten Buch (1992) ruft der englische Schriftsteller Thomas de Quincey die Erinnerung an ein Accessoire wach, das von den aristokratischen Frauen Palästinas im Altertum als Kettenanhänger getragen wurde. Dabei handelt es sich um eine kleine kunstvoll gearbeitete Dose aus Gold oder Silber oder aber um eine Phiole aus Onyx von strahlendem Weiß. Diese war mit den seltensten wohlriechenden Düften und Gewürzen des Orients gefüllt. Dazu gehörten Moschus, Myrrhe, Rosenöl und Rosenwasser. Durch ständiges Tragen dieses Anhängers wurden Haut und Kleidung zugleich parfümiert.

Seife nach Maß

Bei empfindlicher Haut benutzen Sie zur Gesichtsreinigung ein seifenfreies Reinigungsmittel (in Apotheken erhältlich). Seife kann nämlich bei gewissen Hautarten reizauslösend wirken.

Ein guter Tipp: werfen Sie ihre Seifenreste nicht mehr weg! Fein gerieben können Sie diese zur Herstellung einer neuen Seife verwenden, die nach Belieben parfümiert und gefärbt werden kann. Zur Vermeidung eventueller allergischer Reaktionen benutzen Sie jedoch Lebensmittelfarben.

Seife nach altem Rezept

100 g Seife von guter Qualität
7 g Mandelöl
3 g Bergamottöl (oder Zitronen-, Bitterorangen-, Mandarinenöl oder jedes andere Öl einer Zitrusfrucht)
3 El Orangenblütenwasser oder destilliertes Wasser.

1. Seife fein zerkleinern oder in den Mixer geben.
2. Seifenraspel oder Pulver mit den übrigen Zutaten vermischen und das Orangenblütenwasser hinzufügen. Diese Masse in eine Kasserolle füllen.
3. Langsam bis zur vollständigen Auflösung der Seife erhitzen. Fügen Sie Farbstoff hinzu, wenn Sie die Seife färben wollen.
4. Die heiße Flüssigkeit in vorher geölte Formen füllen und kalt stellen, bis die Seife hart geworden ist.

Sie können jedoch auch warten, bis die Seifenmasse etwas dickflüssig wird und dann selbst etwa tennisballgroße Kugeln formen.

Dem Grundrezept können Sie Honig, Hafer oder Kleie hinzufügen (100 g pro 100 g Seife).

Gesichtspflege

~ Eigelb ist ein hervorragendes Mittel, um das Gesicht zu reinigen und die Haut geschmeidig zu machen. Tragen Sie es direkt mit einem Pinsel auf die Haut auf.

~ Bei fetter Haut eignet sich die Verwendung von flüssigem oder festem Honig anstelle einer Peelingcreme. Cremen Sie Ihr Gesicht mit Honig ein und massieren Sie es vorsichtig mit den Fingerspitzen. Reinigen Sie es anschließend mit klarem Wasser oder Blütenwasser (z. B. Rosen-, Orangenblüten-, oder Hamameliswasser).

~ Honig und Rosenwasser 1:1 gemischt, ergibt ein sehr angenehm duftendes Gesichtswasser, das ideal für leicht fettige Haut ist.

~ Verschlagen Sie einen halben Becher Joghurt mit ein oder zwei Tropfen Süßmandelöl; so erhalten Sie eine Creme zum Abschminken oder eine Basiscreme für trockene Haut. Statt Süßmandelöl können Sie auch jedes andere erlesene Öl benutzen (Karitébutter, Jojoba-, Rosen-, Karottenöl etc. Die Zutaten bekommen Sie in Naturkosmetikgeschäften oder im Versandhandel für Naturwaren).

Das Bad

~ Kalkhaltiges Leitungswasser können Sie weicher machen durch die Verwendung von etwas Reinigungsessig oder Sie füllen Kleie, bzw. Hafer in ein Taschentuchsäckchen.

~ Benzoeharztinktur war ein beliebtes Mittel unserer Großmütter, um ihrem Wasser einen guten Duft zu verleihen (das Harz einer südostasiatischen Baumart duftet nach Vanille) und es weicher zu machen. Benzoeharztinktur ist in Apotheken erhältlich. Schon einige Tropfen im Wasser reichen aus, damit es einen opaleszierenden Schimmer und einen zarten Duft annimmt.

~ Wollen Sie auf einfache und billige Weise das Wasser entkalken und ihre Haut geschmeidig machen, so geben Sie eine Hand voll Natron in das Badewasser.

~ Bei Müdigkeit und Verspannung fügen Sie dem Badewasser eine Hand voll grobes Meersalz hinzu. Anschließend gleich abduschen, in den Bademantel wickeln und sofort ins Bett legen.

Reinigungsessig

Nichts ist einfacher als einen Reinigungsessig herzustellen, der den Kalk im Wasser neutralisiert und Haut und Haare weich und geschmeidig macht.

1 gute Hand voll aromatische Pflanzen:
Lavendel, Rosmarin, Fenchel, Eisenkraut, Melisse, Heiligenkraut, Rosen, Nelken, Jasmin, Eukalyptus, Myrrhe (einzeln oder gemischt verwendbar)
1 Liter Apfelessig (milder für die Haut)

1. Essig erhitzen; wenn er zu kochen beginnt, Pflanzen hinzufügen und Hitzezufuhr ausschalten.
2. Essig in ein Glas oder einen Steinkrug füllen und mindestens zwei Wochen ziehen lassen.
3. Mit einem Kaffeefilter oder durch einen mit Musselin ausgelegten Trichter filtrieren und in Fläschchen abfüllen.

Ein halbes Glas ist ausreichend für ein Bad. Dieser parfümierte Essig eignet sich außerdem hervorragend als Weichspüler für ihre Feinwäsche.

Rechte Seite
Reinigungsessig aus Apfelessig in dem man allerlei wohlriechende Pflanzen hat mazerieren lassen: Lavendel, Rosmarin, Fenchel, Thymian, Eukalyptus …

Der Legende nach soll Neros Frau, Kaiserin Poppaea, ihre Schönheit und jugendliche Haut mit einem täglichen Bad in Eselsmilch gepflegt haben. Heute weiß man, dass Milchsäure für die Haut sehr gesund sind. Es ist jedoch einigermaßen schwierig, das Rezept von Poppaea nachzuvollziehen. Man kann sich wenigstens eine Vorstellung davon machen, wenn man dem Badewasser Milchpulver zufügt, und dazu einige Tropfen eines ätherischen Öls oder des Lieblingsparfums.

Milchig wird das Badewasser auch, wenn Sie – um die Haut weich zu machen – ein mit Stärke oder Maismehl gefülltes zugeknotetes Taschentuch hineinlegen oder 5–6 Tropfen Benzoeharztinktur mit Vanille oder Balsamduft hinzufügen.

Kleiebad

300–400 g Kleie oder Haferflocken

ein Taschentuch oder ein Stück quadratischer Verbandmull

1. Taschentuch oder Mull mit Kleie oder mit Haferflocken füllen (in Apotheken oder Reformhäusern erhältlich).
2. An den Ecken zuknoten.
3. Im Badewasser aufquellen lassen, bis das Wasser milchig wird.

Dieses Säckchen eignet sich außerdem zum Einreiben der Haut an rauen Stellen wie Ellbogen, Knie oder Fersen.

Quitte als Heilmittel bei gereizter Haut

Quittenkerne enthalten einen für die Haut sehr milden Pflanzenschleim (eine Art wasserlöslichen Gummi). Sie brauchen die Kerne nur wenige Tage im Wasser quellen lassen, damit Sie ein durchsichtiges Gel für Ihre Gesichtsreinigung erhalten.

Erfolg versprechend ist auch folgendes Rezept: Vermischen Sie 25 g Quittenkerne mit einem Glas Wasser. Nach dem Filtrieren verwenden Sie diese Flüssigkeit als Maske, um Ihre Haut geschmeidig zu machen.

Quittenwasser

50 g Quittenkerne
50 g frische Quittenschale
1 Liter Wasser
1 g Salicylsäure

1. Wasser in einer Kasserolle erhitzen. Wenn es zu sieden beginnt, Kerne und Schalen hinzufügen.
2. 5 Minuten kochen lassen, anschließend vom Herd nehmen.
3. Flüssigkeit filtern und Salicylsäure hinzufügen.
4. In Fläschchen abfüllen, etikettieren und kühl stellen.

Als die Schriftstellerin Colette auf die Idee kam, Kosmetikerin zu werden, bot sie neben anderen selbst kreierten Schönheitsprodukten dieses Wasser an, das sie »Engelshaut« taufte. Gedacht ist es hauptsächlich zur Pflege fetter Haut.

Rechte Seite
Quittenkerne enthalten einen für die Haut sehr milden Pflanzenschleim. Es genügt, die Kerne im Wasser quellen zu lassen. Die Flüssigkeit kann anschließend als erfrischende Lotion verwendet werden.

Profumo-
di S. M. Novella
Firenze
Iris Florentina
d'Ireos

Die Iris und ihre Heilkräfte

Eine hervorragende natürliche Zahncreme, die Ihre Zähne wirkungsvoll weiß und glänzend macht, sind die gemahlenen Wurzelstöcke der Florentinischen Iris. Es genügt, die feuchte Zahnbürste in das Pulver zu tauchen.

Bei der Parfumherstellung bedient man sich der Florentinischen Iris für bestimmte Kompositionen, um ihren Duft beständig zu machen und um ihnen eine feine Duftnote von Veilchen zu geben.

Die Haare

Spülen Sie Ihre Haare immer mit kaltem Wasser. Einen besonderen Glanz verleihen Sie Ihrem Haar, wenn Sie im letzten Spülwasser Essig oder Zitronensaft verwenden.

Machen Sie es sich zur Gewohnheit, ihre Ernährung durch Bierhefe zu ergänzen. Dieses als Pulver oder Tabletten erhältliche Produkt ist reich an Aminosäuren und fördert das Wachstum von Haaren und Nägeln.

Ein beliebtes Großmutterrezept, damit das Haar kräftiger wird:
2 ganze Eier mit einem Esslöffel Rum verquirlen. Benutzen Sie bei diesem Shampoo lauwarmes Wasser, da das Eiweiß in zu warmem Wasser gerinnt.

Für die Pflege von empfindlichem, insbesondere fettigem Haar empfiehlt sich das Panamaholzwasser (siehe Rezept für Seifenkrautwasser S. 102).

Die Hände

Bevor Sie mit einer Arbeit, bei der ihre Hände schmutzig werden, beginnen, reiben Sie ihre Fingernägel auf trockener Seife. Nach der Arbeit bürsten Sie die Nägel, die keinen Schaden davongetragen haben.

Die Füße

Nehmen Sie zur Entspannung ihrer Füße ein Fußbad mit grobem Meersalz.

Lilas Zitronen- und Gewürznelkenshampoo

4 unbehandelte Zitronen
16 Gewürznelken
1 Liter Wasser

1. Wasser in einem Topf erhitzen und geviertelte Zitronen und Gewürznelken hinzufügen.
2. Etwa 15 Minuten kochen lassen. Die Zitronen sollen zu einer Art Marmelade verkochen.
3. Abfüllen und abkühlen lassen.
4. Haare nass machen und leicht frottieren. Nach dem Auftragen des Zitronenpürees die Kopfhaut massieren. Etwas einwirken lassen, dann ausspülen.

Diese hervorragende Pflege mit Zitrone macht ihr Haar glänzend, seidig und wohlriechend. Es eignet sich besonders für fettes Haar oder bei zu trockener, schuppiger Kopfhaut.

Stärkungsmittel für Fingernägel

Olivenöl
Zitronensaft
jodhaltiger farbloser Alkohol
(in Apotheken erhältlich)
Von allen Zutaten die gleiche Menge verwenden

1. Alle Zutaten vermischen.
2. Im Wasserbad anwärmen. Finger regelmäßig in diese Mischung tauchen.

Parfums und Lotionen

Unsere weiblichen Ahnen nahmen sich noch die Zeit, die Cremes und Pflegemittel für ihre Schönheitspflege selbst herzustellen. Die Blütenwasser aus Rosen, Hamamelis, Kornblume oder Holunder hatten dieselben Wirkstoffe wie unsere modernen Gesichtswasser und sie verliehen der Haut einen natürlichen, zarten Duft.

Parfums und Duftwasser

Gewürze wie Zimt, Pfeffer, Kardamom oder Vanille eignen sich zur Verfeinerung Ihrer Parfums oder Eaux de toilette. Lassen Sie diese Gewürze einige Zeit in den Parfums ziehen. Vorsicht: sie eignen sich eher als Zugabe zu warmen, holzigen als zu blumigen, grünen Parfums!

Rosenwasser

500 g Blütenblätter der Damaszener-Rose (Rosa centifolia)
eine rosa bis rot, auch gestreift gefärbte und gefüllte Rose
1 Liter destilliertes Wasser

1. Wasser erhitzen. Sobald es kocht, Hitzezufuhr ausschalten und die Blütenblätter in das heiße Wasser geben.
2. 3–4 Tage ziehen lassen, anschließend filtern.
3. In Fläschchen abfüllen, etikettieren und kühl stellen.

Im Gegensatz zum echten, durch Destillation gewonnenen Rosenwasser eignet sich dieses nicht für eine längere Aufbewahrung. Es muss in den Kühlschrank gestellt werden. Das Rosenwasser ist eine gute Erfrischung für die Haut nach dem Abschminken.

Gesichtslotion

5 g gemahlene Mandeln
200 cl Orangenblütenwasser
200 cl Rosenwasser
5 Tropfen Benzoeharztinktur

1. Alle Zutaten mischen und in eine Flasche füllen.
2. Zwei Wochen ziehen lassen.
3. Durch einen Papierfilter oder ein Stück Leinen filtern und abfüllen.

Diese hauptsächlich für fette Haut gedachte Lotion verwenden Sie als Kräftigungsmittel für die Haut nach dem Abschminken.

Linke Seite
Die göttliche Rose mit den paradiesischen Farben, die leuchtend rote Rose, ist nicht nur schön, sie hat auch viele gute Eigenschaften. Rosenwasser ist die angenehmste Hautpflege!

Salbeiwasser

1 Hand voll frisch gepflückte Salbeiblätter
1/2 Liter destilliertes Wasser

1. Wasser zum Kochen bringen und die fein gehackten Blätter dazugeben.
2. Hitzezufuhr ausschalten und den Topf zugedeckt etwa 1 Stunde stehen lassen
3. Salbeiwasser filtrieren und in Fläschchen abfüllen.

Dieses nach Pfeffer und Balsam duftende Wasser kann sowohl als belebendes Gesichtswasser (z. B. für eher fettige Haut) als auch als Massagemittel für die Kopfhaut verwendet werden. Besonders entspannend wirkt es nach einem Sonnenbrand. In den Wasserbehälter des Dampfbügeleisens gefüllt, wird es Ihrer Wäsche einen herrlich frischen Duft verleihen.

Iriswasser

25 g gemahlene Florentinische Iris (in Kräuterläden erhältlich)
1/4 Liter 90%-iger Alkohol
50 g Benzoeharztinktur

1. Irispulver eine Woche in Alkohol einlegen.
2. Nach dem Filtern des Alkohols die Benzoeharztinktur hinzufügen.

Einen stärkeren Duft können Sie dieser Mischung verleihen, wenn Sie noch 10 Tropfen ätherisches Veilchenöl hinzufügen.

Millefiori-Blütenwasser

1 Liter 90%-iger Alkohol
400 g Orangenblütenwasser
12 g Bergamottöl
6 g Perubalsam – dickflüssiges Pflanzensekret eines Schmetterlingsblütlers
6 g Gewürznelkenöl
1,5 g Pomeranzenöl
1,5 g Thymianöl

1. Alle Zutaten in den Alkohol geben und gut vermischen.
2. Nach dem Filtern in Fläschchen abfüllen.

Das ursprüngliche Rezept verwendete zusätzlich 12 g Moschusöl. Dieses früher als Fixateur benutzte Produkt ist nun vom Verkauf ausgeschlossen. Das Moschusöl wurde aus der Beuteltasche einiger heute geschützter Tiere, wie z. B. der Zibetkatze gewonnen. Als Ersatzmittel für den tierischen Moschus kann man auf pflanzlichen Moschus, den man eventuell bei einem Kräuterhändler finden kann, oder auf synthetisches Moschusöl zurückgreifen. Jedoch wirkt auch Perubalsam als Fixateur.(Alle in diesem Rezept angeführten Zutaten sind in Apotheken erhältlich.)

Rechte Seite
Einige gespaltene Vanilleschoten werden mit ihrem warmen und berauschenden Duft ein einfaches bernsteinfarbenes Kölnischwasser verfeinern.

Lust auf Natur

Über die Menschen, die die Gabe besitzen, alles zum Wachsen zu bringen, sagt der Volksmund, sie haben »einen grünen Daumen«. Die Gärtner von einst waren in gewisser Weise Zauberer und Alchimisten. Sie kannten die Erde und die geheimnisvollen Beziehungen, die sie zum Mond unterhält, sie verstanden die Kunst, bestimmte Pflanzen zu kreuzen oder zu trennen. Für ihre Gärten kultivierten sie Pflanzen, die noch heute angepflanzt werden. Die Kunst des Veredelns, des Gewinnens von Ablegern und des Säens ging vom Vater auf den Sohn und von der Mutter auf die Tochter über. Der Obst- und Gemüsegarten war eher eine männliche Domäne, der Blumengarten eine weibliche: aus seiner bunten Vielfalt entstanden die Blumensträuße, mit denen die Frauen das Haus schmückten.

Rosen und Rosensträucher

*»Als Gärtner unseres eigenen Lebens
haben wir alle, soweit wir lieben, das erlesene Gedächtnis der Rosen.«*
Denise Le Dantec, *Das Tagebuch der Rosen,* 1991

Von jeher hat die Rose, als Enkelin der fünfblättrigen Heckenrose, ihren Platz in unseren Gärten. Die Gärtner hegen und pflegen sie, denn sie ist die schönste Zierde des Gartens im Mai und Juni und entfaltet ihre ganze Schönheit manchmal erst zur Zeit des ersten Nachtfrosts, als eine allerletzte Opfergabe vor dem Winter.

Die Farbe der Rosen

Nach einer griechischen Sage waren ursprünglich alle Rosen weiß, aber eines Tages verletzte sich Venus am Dorn eines Rosenstrauches, und ihr Blut färbte die Blütenblätter rosenrot. Diese Farbe haben sie seitdem bewahrt …

Die traditionellen Rezepte

Die Gärtner von einst benutzten für ihre Rosensträucher oft »Bordeaux-Brühe«, ein verdünnter Extrakt aus Kupfersulfat, der auch heute noch zur Behandlung der Reben verwendet wird. Damit kann man außerdem einen Zaun oder ein Gitterwerk aus zu frischem Holz blaugrün anstreichen.

Manche Gärtner gruben am Fuße ihrer Rosensträucher stets einige Knoblauchzehen in die Erde. Sie behaupteten, dass dies Farbe und Duft verstärke und gleichzeitig den Blattlausbefall verhindere. Da diese Behandlung ungefährlich ist, kann sie nach wie vor angewandt werden.

Kletterrosen

Warum sollte man einen alten Baum, der allmählich seine Blätter verliert, aber seine schöne Form bewahrt hat, nicht umwandeln in eine Stütze für einen Strauch Kletterrosen, der ihm neue Jugend verleihen wird … Es genügt, zu seinen Füßen einen Rosenstrauch einzupflanzen und diesen so zuzuschneiden, dass seine Zweige harmonisch auf den alten Baum klettern.

LINKE SEITE
Knoblauchzehen, rund um Rosensträucher eingepflanzt, sollen Kraft und Duft verleihen und gleichzeitig vor Blattläusen schützen. Vielleicht hat es mit dem Schwefelgehalt des Knoblauchs zu tun …

OBEN
Über der Bank, die Bruno Lafforgue für seinen Garten im Mas des Anges entworfen hat, wächst ein alter Rosenstrauch.

Frühbeetkästen für die Ableger

Um sicher zu sein, dass ihre Ableger auch wirklich wachsen, haben die Gärtner sie früher in Frühbeete gepflanzt. Es handelte sich um lange Holzkisten, deren schräg gestellter Deckel aus Glasplatten bestand, wie bei einer Art Miniaturgewächshaus.

Sie können den Formkasten von anno dazumal durch eine einfachere Vorrichtung ersetzen, indem sie eine große Holzkiste verwenden (beispielsweise eine Weinkiste), auf deren Boden Sie eine dicke Schicht frisch gemähtes Gras verteilen. Dieses ersetzt den von unseren Großeltern benutzten Mist, der durch Gärung eine sanfte Wärme ausstrahlte, die das Wachstum der Pflanzen begünstigte. Das frisch gemähte Gras übernimmt die gleiche Funktion und außerdem riecht es nicht so unangenehm wie der Mist! Pflanzen Sie Ihre Töpfe in die Kiste ein und bedecken Sie diese mit einer Glasplatte oder einer Plastikfolie, um die Pflanzen zu schützen und die Feuchtigkeit zu erhalten.

Rosenableger wie einst

1 Weizenkorn, das im Sommer einer reifen Ähre entnommen wurde
1 Rosenzweig, der Ableger treiben soll und weder Blüten noch Knospen trägt

1. Wählen Sie einen »nicht verholzten«, das heißt grünen, Zweig aus.
2. Entfernen Sie alle Blätter an der Spitze des Stängels und kürzen Sie ihn auf eine Länge von höchstens 10 Zentimetern.
3. Schneiden Sie mit einem gut geschärften Messer das Ende des Stängels kreuzförmig ein und setzen Sie das Weizenkorn in diese Schnittstelle ein.
4. Stellen Sie den so vorbereiteten Ableger die ganze Nacht über in ein Glas Wasser.
5. Pflanzen Sie ihn am folgenden Tag in einen kleinen Topf ein, der mit einer Mischung aus 2/3 Blumentopferde und 1/3 Sand gefüllt ist. Normalerweise ist das Wachsen gewährleistet, insbesondere dann, wenn Sie den beschriebenen Vorgang Ende August oder Anfang September durchführen: Nach alter Tradition ist das die beste Zeit dafür. Seltsamerweise haben einige Gärtner festgestellt, dass die am Rand eines Terrakottatopfes eingepflanzten Rosenableger besser wachsen als die, die in der Mitte eingepflanzt worden waren. Wahrscheinlich weil dort die Wärme intensiver ist …

Bild links
Das Kupfersulfat (Bordeaux-Brühe), das auf den Rosenstrauch gesprüht wurde, um ihn zu schützen, hat der Mauer nach und nach eine erstaunlich schöne Färbung verliehen.

Rechte Seite
Der alte Kirschbaum dient als Stütze für die Kletterrose. Blüten, Früchte und Blätter ergeben eine bunte Mischung.

Vilmorin
ANNUELLE
TREILLES-PERGOLAS
FLORAISON EXCEPTIONNELLE
BORDURE
20 F

Säen und Umtopfen

»In seiner zunehmenden Phase oder bei Neumond begünstigt der Mond das Wachstum in die Höhe und die Vermehrung alles dessen, was über dem Boden wächst. In der abnehmenden Phase behindert er eben diese Wachstumsbewegungen und begünstigt stattdessen das unterirdische Leben.«

In: *Maison rustique des dames*

Die Gärtner von einst hatten ihre Geheimnisse und glaubten felsenfest an bestimmte Überlieferungen, die genauso viel gesunden Menschenverstand wie Aberglauben oder Magie enthielten. So gab es Zeiten zum Säen oder zum Pflanzen, die die Mondphasen berücksichtigten.

Mit dem Mond säen

Bei zunehmendem Mond säte man früher die Blumen und die Samenkörner, die aus der Erde heraus zum Himmel hin wachsen sollen, wohingegen die Tage des abnehmenden Mondes dem Säen und Pflanzen alles dessen vorbehalten waren, was Wurzel schlägt, zum Beispiel Kartoffeln, Radieschen, Tomaten, Salatgurken, Einlegegurken, Kohl oder Salat, und auch Obst. Noch heute gibt es Gärtner, die Salat auf keinen Fall bei Neumond säen, aus Angst, er könnte hochschießen …

Aufbewahrung der Samenkörner

Achten Sie darauf, Ihre Tütchen und Ihre Samenkörner vor Feuchtigkeit und Nagetieren zu schützen, und bewahren Sie sie in luftdichten Behältern oder Einmachgläsern auf.

Wenn Sie in Ihrem Garten Ihre eigenen Samenkörner ernten, dann bewahren Sie sie in sorgfältig beschrifteten Tütchen auf, auf denen der Name der Pflanze sowie der Monat und das Jahr der Ernte notiert sind. Die alten Samen, die nicht keimen, müssen weggeworfen werden.

Die feinsten Samenkörner müssen wieder mit einigen Millimetern Erde zugedeckt werden, damit sie nicht austrocknen.

LINKE SEITE
Ein genaues Beschriften der Pflänzchen ist wichtig, um sie wieder zu erkennen, besonders dann, wenn man mit Ablegern arbeitet.

OBEN
Im Einmachglas sind die Samentütchen vor Feuchtigkeit geschützt. Das Glas Wasser dient dazu, Samenkörner zu wässern, damit sie keimen.

Genaues Beschriften

Wenn Sie sich für die Botanik begeistern, und in Ihrem Garten einjährige oder ungewöhnliche mehrjährige Pflanzen kultivieren, dann machen Sie es sich zur Gewohnheit, ihre Pflanzungen zu beschriften. So wissen Sie stets genau, wo Sie sie in die Erde gepflanzt haben (dadurch wird vermieden, dass Sie an der falschen Stelle mit dem Rasenmäher hantieren oder mit dem Spaten an der falschen Stelle in den Boden stechen!).

Zum Schutz der Etiketten vor Regen und Sonne, damit die Schrift nicht verblasst, genügt es, eine brennende Kerze über ihre Oberfläche zu halten oder sie mit flüssigem Paraffin zu übergießen: Das Wachs macht sie Wasser undurchlässig.

Besorgen Sie sich englische Kupferschildchen, bei denen man mit einem schlichten Kugelschreiber den Namen der Pflanze so ins Metall einritzen kann, dass er stets leserlich bleibt. Darüber hinaus sieht das Metall mit der Zeit schön patiniert aus.

Sie können sich auch Ihre eigenen Etiketten anfertigen, und zwar mit Hilfe eines dünnen Kupferblatts, das Sie im Fachgeschäft (oder beim Klempner) kaufen und anschließend auf die gewünschte Größe zuschneiden können.

Die Samenkörner und das Aussäen

Bestimmte Samenkörner, die dick und ein wenig hart sind, wie zum Beispiel die der Gartenwicke, können eine ganze Nacht lang in ein Glas Wasser gelegt werden, bevor man sie einpflanzt. Das macht sie weich und begünstigt das Aufkeimen. Die besonders harten können auch mit kochendem Wasser aufgeweicht werden. Außerdem können Sie sie vor dem Säen einige Wochen lang in feuchtem Sand aufbewahren.

Die dicksten Samenkörner können mittels einer Feile verkleinert werden, wodurch das Aufkeimen erleichtert wird.

Sind dagegen die Samen sehr fein, so sollte man sie vorsichtshalber mit Sand vermengen, um eine regelmäßigere Saat zu erhalten, die sich anschließend auch leichter ausdünnen lässt (das bedeutet, dass man die Triebe, die sich zu dicht beieinander befinden, entfernt und nur die stärksten und kraftvollsten erhalten werden). Die richtige Mischung für die Schälchen, in denen man die Aussaat vornimmt, besteht zu 2/3 aus Humus und zu 1/3 aus Sand, der weder zu fein noch zu grobkörnig sein sollte. Drücken Sie die Samenkörner nicht zu tief in die Erde, bedecken Sie sie nur mit einer dünnen Schicht. Für vorsichtiges Gießen empfiehlt sich die Verwendung eines Zerstäubers, bei dem nicht die Gefahr besteht, dass die Samen verschoben werden.

Links oben
Saatschälchen, zum Einpflanzen bereite Ableger, und Hormone in Pulverform, in die man die Stiele der Ableger taucht, um ihr Wachstum zu fördern.

Rechte Seite
Ein Korb mit kleinen Werkzeugen, Namensschildern und Gartengeräten übersichtlich angeordnet: so hat man sie immer bei der Hand.

AIGLE

Schutz der Pflanzen

In einem Garten drohen den Pflanzen vielerlei Gefahren: Kälte, übermäßige Hitze, Insekten oder Pilzbefall. Die alten Gärtner waren sowohl ein bisschen Zauberer als auch Alchimisten; sie brauten erstaunliche Rezepte zusammen und wussten genau, wo sie welche Pflanzen einzusetzen hatten, damit diese sich gegenseitig schützen.

Verbinden und trennen

Man sollte Gurken nicht in der Nähe von Melonen ansäen, weil letztere die Fadheit der Gurken annehmen und sie ihren süßen Geschmack einbüßen.

Der Kürbis kann die gleichen Auswirkungen haben, sofern das nicht alles reiner Aberglaube ist. »Man hat lange geglaubt, dass die in der Nähe von Melonenbeeten angepflanzten Kürbisse die Qualität der Melonen beeinträchtigen würden. In Bezug auf diesen Glauben existiert noch heute in der Region Alpes-de-Haute-Provence ein Brauch: Der vom Pech verfolgte Konsument gibt einen Abstand an, der seine Melone angeblich von einem vermuteten benachbarten Kürbisfeld getrennt hat. Je schlechter die Melone, desto kürzer der genannte Abstand: zehn Meter, fünf, zwei ... und in den schlimmsten Fällen nur einige Zentimeter.«

Jean-Baptiste de Vilmorin, *Der Garten der Menschen*, 1996

Dagegen mögen die Gurken die Gesellschaft von Erbsen, Bohnen, Radieschen und Sonnenblumen ...

Pflanzen Sie einige Büschel Schafgarbe oder Kapuzinerkresse in Ihren Gemüsegarten. Mit ihrem kräftigen Geruch vertreibt die Schafgarbe die Insekten, wohingegen ein Busch glänzend rot blühender Kapuzinerkresse die Blattläuse der näheren Umgebung anlockt und diese so für einige Zeit von den benachbarten Pflanzen ablenkt.

Günstige Verbindungen

Wenn der Spargel in der Nähe von Tomaten angepflanzt wird, schützt er diese vor Krankheiten, dank einer Substanz, die er enthält: Asparagin.

Tagetes (auch Studentenblumen genannt), die ein starker und charakteristischer Geruch auszeichnet, sollten eigentlich in allen Gemüsegärten anzutreffen sein, denn ihre duftenden Wurzeln entfernen die Fadenwürmer, eine Wurmart, die für das Gemüse wie auch für den Menschen gleichermaßen schädlich sein kann.

Wenn Sie in Ihrem Obstgarten Apfelbäume haben, dann gießen Sie dieselben mit einem Schalotten-Sud, dessen intensiver schwefeliger Geruch die Schädlinge vertreibt. Oder pflanzen Sie ganz einfach am Fuße Ihrer Apfelbäume einige Schalotten an.

Der ideale Sud gegen Blattläuse

1 Liter Wasser
100 g Schmierseife oder Seifenflocken
(man kann auch ganz einfache Kernseife abraspeln)
2 ausgepresste Knoblauchzehen

Alle Zutaten vermischen und in einen Zerstäuber füllen.

Nikotin gegen Blattläuse

50 g Tabak
1 Liter Wasser

1. Den Tabak einige Tage lang im Wasser mazerieren lassen.
2. Verdünnung: Für die Lösung wird 1 g Nikotin in gelöstem Zustand pro Liter Wasser benötigt.
3. Mit dieser Lösung die von den Blattläusen befallenen Pflanzen besprühen.

Dies ist ein altüberliefertes, wirkungsvolles Rezept, aber es ist in der Anwendung durchaus nicht ungefährlich, denn Nikotin ist ein starkes Gift. Diese Flüssigkeit muss in ein sorgfältig beschriftetes Fläschchen gefüllt und an einem für Kinder und Tiere unzugänglichen Ort aufbewahrt werden.

Schutz vor der Kälte

Wenn Sie in Ihrem Garten Farnkraut haben, dann schneiden Sie im Herbst die Farnwedel ab: Sie können als wirksame Schutzschicht gegen Kälte verwendet werden. Es genügt, eine dicke Schicht davon am Fuße der zu schützenden Pflanzen auszulegen. Farnwedel können Sie auch im Wald abschneiden.

Die von den Gärtnern früher häufig benutzten Glashauben schirmten die empfindlichsten Pflanzen gegen den kalten Wind und den Frost des Winters ab. Häufig findet man sie nunmehr bei Antiquitätenhändlern, aber manche Hersteller von Glasgegenständen haben sie wieder in ihr Sortiment aufgenommen. Man kann in den Gärtnereien auch Plastikhauben finden; diese sind zwar genauso wirkungsvoll, aber bei weitem nicht so dekorativ.

Wollen Sie dafür sorgen, dass Ihre Ableger oder Ihre Samen im Haus oder im Gewächshaus gut gedeihen, so können Sie auf den Kopf gestellte Gläser oder durchsichtige Käseglocken verwenden, die als Mini-Gewächshäuser dienen.

Ein natürlicher Schutz der Pflanzen vor Kälte scheint der Schnee selbst zu sein. In seinem Buch *Der Garten der Menschen* zitiert Jean-Marie de Vilmorin das Beispiel eines Botanikers, der im äußerst strengen Winter 1937/38 unter einer ein Meter dicken Schneeschicht eine Temperatur von Minus 6 °C ablas, während die Außentemperatur Minus 33,7 °C betrug!

Das Eis hingegen ist für die Pflanzen sehr schädlich, denn es verbrennt sie; außerdem drohen die Äste der Bäume unter seinem Gewicht abzubrechen, wenn die Eisschicht zu dick wird.

Bild oben
Eine alte Glashaube schützt die empfindlichsten Pflanzen genauso gut vor Kälte wie vor Trockenheit. Im Sommer jedoch muss man aufpassen, dass die Sonne nicht die Blätter unter dem Glas verbrennt.

Rechte Seite
Im Schloss von Giniac werden die empfindlichsten Pflanzen vor dem Winter im Erdgeschoss untergebracht; früher hatte man dafür Orangerien.

Schutz vor Hitze und Trockenheit

Das Abdecken der Pflanzen mit Stroh stellt einen wirkungsvollen Schutz vor Hitze und Trockenheit dar. Im Sommer können Sie zu diesem Zweck auch gemähtes Gras verwenden.

Ein Sprichwort sagt: »Einmal umgraben ist so viel wert wie zweimal gießen«, und das ist auch richtig. Eine regelmäßig umgegrabene Erde trocknet nicht so schnell aus und bleibt länger feucht.

Tomatenpflänzchen sind andauernd durstig. Wenden Sie zum effektiveren Gießen den altbekannten Kunstgriff der Gärtner an: Schneiden Sie den Boden einer Plastikflasche ab und stecken Sie den Flaschenhals in die Erde, direkt am Fuß eines jeden Tomatensetzlings. Gießen Sie das Wasser ins Innere der Flasche, und es wird sich langsam in der Erde verteilen, genau über den Wurzeln.

Die in zwei Hälften geteilte Flasche kann gleichermaßen dazu dienen, bestimmte Topfpflanzen auf den Terrassen und Balkonen zu gießen.

Der magische Sud

Gleich mit den ersten warmen Tagen werden Rosensträucher und andere Pflanzen von Blattläusen befallen. Wenn Sie nicht auf chemische Behandlungsweisen zurückgreifen möchten, dann versuchen Sie es doch mit altüberlieferten Rezepten mit Schmier- oder Kernseife. Man benötigt etwa ein Zehntel Seife im Vergleich zur jeweiligen Wassermenge. Solchen Seifenlaugen kann man auch geriebene Knoblauchzehen hinzufügen, um sie noch wirkungsvoller zu machen.

Der stärkende Brennnessel-Sud

500 g frisch geschnittene Brennnessel-blätter und -stiele
5 Liter Wasser

1. Die Brennnesseln in einen Eimer legen und mit Wasser aufgießen.
2. Das Ganze einige Tage lang ruhen lassen.

Verwenden Sie diese Flüssigkeit pur zum Besprühen gegen Blattläuse. Oder verdünnt im Wasser, mit dem Sie Ihre Pflanzen gießen: die Brennnessel ist reich an Mineralien und Ihre Pflanzen werden dadurch kräftiger.

Gartengeräte

Erkennt man einen guten Gärtner an seinem Werkzeug? Vielleicht nicht unbedingt, aber dieses Werkzeug muss gepflegt werden, so wie der Garten, für den es bestimmt ist.

Die Holzgriffe der Werkzeuge kann man mit Sandpapier abschleifen, damit sie angenehmer in der Hand liegen. Um sie noch glatter zu machen, können Sie sie mit Trockenseife oder Paraffin einreiben.

Bewahren Sie Ihre Rechen sorgfältig, mit den Zinken zur Erde auf, damit Sie nicht aus Versehen darauf treten.

Um zu vermeiden, dass Ihr Werkzeug rostet, wischen Sie das Metall regelmäßig mit einem in Benzin oder Motoröl getauchten Lappen ab.

Wenn Sie Angst haben, Sie könnten eine Garten- oder Heckenschere im Gras liegen lassen, dann achten Sie beim Kauf auf die Wahl einer kräftigen Farbe, beispielsweise gelb oder rot: Das sticht schon von weitem ins Auge, im Gegensatz zu einer grünen Heckenschere, die im Gras kaum auffällt.

Ist die Metallfläche eines Werkzeugs verrostet, so reiben Sie sie mit einer halbierten und mit Zucker bestreuten Zwiebel ein. Der Saft der gezuckerten Zwiebel wird den Rost entfernen und das Weiterrosten stoppen.

Anders als man eigentlich meinen möchte sind glänzende und auf das Auge prachtvoll wirkende Werkzeuge aus Edelstahl nicht immer für die beschwerliche Gartenarbeit geeignet. Ziehen Sie den echten gehärteten Stahl vor, bei dem Sie nicht Gefahr laufen, dass er sich leicht verbiegt oder verformt. Sehen Sie sich in Dorfspeichern oder Antiquitätenhandlungen nach alten Werkzeugen um. Diese sind nicht nur schön und können gesammelt werden, nein, Sie werden sie auch mit Freude im Garten verwenden (natürlich vorausgesetzt, sie funktionieren noch), denn unsere Großeltern verstanden es, das Holz und das Metall so zu bearbeiten, dass sich die Werkzeuge den Händen derer anpassten, die sie benutzten.

Bewahren Sie all das Gartenwerkzeug und das Zubehör, das Sie brauchen, am gleichen Ort auf. Legen Sie Heckenscheren, Pflanzhölzer, Handschuhe, kleine Rechen, Gartenkrallen, Schildchen, Bindfaden und Bast in Körbe oder Gitterkästen, so werden Sie keine Zeit mehr damit verlieren, sie überall zu suchen, wenn Sie sie brauchen.

Was man zu Hause braucht

Für viele Produkte, die man im Haushalt braucht und die man ganz einfach auf dem Markt, in den Regalen der Supermärkte, in der Drogerie oder beim Apotheker findet, kann man ganz andere Verwendungszwecke entdecken als die, für die sie meist eingesetzt werden.

Brennspiritus

Brennspiritus kann man im Haus zu allem gebrauchen: zum Fensterputzen (mit zusammengeknülltem Zeitungspapier), zum Reinigen von Glühbirnen, zum Entfernen von Fettflecken auf der Herdplatte oder der Kühlschranktür, ja sogar zum Desinfizieren des Telefonhörers. Mit Hilfe einer Zahnbürste, die weiche Borsten hat, reinigt er den Goldschmuck und lässt Edelsteine wieder glänzen (für das Reinigen von Perlen, Korallen und Opalen sollte man ihn allerdings nicht verwenden, sie sind allzu empfindlich!).

Essig

In der Küche verwendet man meist Essig aus Rot- oder Weißwein. Genießer würzen ihn mit Knoblauch, Schalotten, Thymian oder Rosmarin. Wenn man süßere Salatsoßen vorzieht, sollte man eher Apfelessig verwenden, der weniger intensiv schmeckt und sich glänzend mit Crème fraîche kombinieren lässt, etwa zum Anmachen eines Chicoréesalats mit Äpfeln und Nüssen ... Um Saucen abzulöschen, sind Sherry- oder der Balsamicoessig hervorragend geeignet. Essig kann sogar beim Kochen von Kartoffeln oder Reis helfen: einige Tropfen ins Wasser, und die Kartoffeln bleiben fest bzw. der Reis bleibt weiß. Ebenso verhält es sich beim Pochieren von Eiern: ein bisschen Essig ins Wasser, und das Eiweiß gerinnt perfekt.

Im Haushalt verwendet man Weinessig, der sowohl zum Enthärten des Waschmaschinenwassers als auch zum Reinigen der Fensterscheiben dienen kann. Er beseitigt unangenehmen Geruch im Kühlschrank (reinigen Sie diesen mit heißem Essig!), frischt die Farben eines Stoffes oder Teppichs auf und bringt sogar Kupfergegenstände zum Glänzen, wenn er mit Mehl und Salz vermengt wird.

Will man für die Schönheitspflege parfümierten Essig zubereiten, so ist es besser, zum Apfelessig zu greifen: Er riecht weniger streng und ist milder für die Haut.

Was die Gesundheit betrifft, so lindert mit Wasser verdünnter Essig, der mittels einer Kompresse oder eines Wattebausches auf einen Stich oder einen leichten Sonnenbrand aufgetragen wird, sofort den Schmerz und die Entzündung.

Glycerin

Obwohl es früher sehr oft verwendet wurde, ist es heute fast in Vergessenheit geraten, und doch kann es zahlreiche Dienste leisten.

Im Haus genügt es, einen Spiegel oder eine Glasscheibe (beispielsweise im Badezimmer oder in der Küche) mit einem Lappen, der leicht mit Glycerin befeuchtet wurde, abzuwischen und anschließend so lange zu reiben, bis alle Spuren verschwunden sind, um zu vermeiden, dass das Glas beschlägt. Im Winter ist dies ein gutes Rezept für die Windschutzscheiben der Autos (innen und außen), zumal das Glycerin die Bildung von Rauhreif auf den Scheiben verhindert.

Glyzerin ist auch ein nützliches Mittel, um das Laub im Herbst dauerhaft zu trocknen.

In Sachen Schönheit machen einige Tropfen Glycerin im Winter das Rosen- oder Hamameliswasser zu einem Schönheitsmittel, das die Haut zart macht und vor Kälte schützt, insbesondere die Haut der Hände und des Gesichts, die dem Wind ausgesetzt ist. Hat man kein Haarspray mehr, so verleihen einige Tropfen Glycerin den Haaren ein leicht angefeuchtetes Aussehen und festigen die Locken.

Kristallsoda/Soda

Soda gehört zu den Produkten, die in Vergessenheit geraten sind, aber das häufig gute Dienste leisten kann. Gibt man dem Wasser, in dem sehr schmutzige Wäsche eingeweicht ist, einige Hand voll Soda zu, wirkt das wie ein Vorwaschgang. Kristallsoda bringt Gläser und Geschirr zum Glänzen und reinigt gründlich stark verschmutzte Fliesen oder Holz.

Knoblauch

Üblicherweise wird die Knolle nur in der Küche verwendet, aber der Knoblauchsaft ist ein erstaunlich wirksamer Klebstoff, der sich bei gesprungenen oder zerbrochenen Keramikgegenständen bewährt hat.

Schon in der Antike wurde Knoblauch zu Heilzwecken verwendet, und zwar um das Blut zu stärken und zu verdünnen.

Will man den Geruch mildern, nachdem man Knoblauch gegessen hat, so braucht man nur einige Kaffeebohnen, eine Gewürznelke oder Kardamom zu kauen oder sich in der Apotheke Kapseln besorgen, die ätherisches Petersilienöl enthalten. Solche Kapseln sind durchaus wirkungsvoll und leichter in der Handtasche mitzunehmen als einen Bund frische Petersilie.

Lavendelöl

Im Haus verbreitet es Wohlgeruch, wenn man es einem Potpourri beifügt oder in eine Duftlampe füllt. Einige Tropfen in der Möbelpolitur verleihen dieser einen wunderbaren Duft und vertreiben die Insekten. Übrigens pinselten unsere Großeltern das Innere ihrer Schränke damit aus.

Was die Schönheitspflege angeht, so verleihen bereits wenige Tropfen Lavendelöl dem Badewasser einen herrlichen Duft. Man kann das Öl auch in 60%igem Alkohol auflösen und sich damit nach dem Duschen oder nach dem Sport den Körper einreiben.

Milch

Im Haushalt kann sie als improvisierter Klebstoff für Papier verwendet werden. Dessen Wirkung wird noch gesteigert, wenn man die Milch mit Mehl vermischt. Die Milch dient auch zum Reinigen von Elfenbein, Lackleder oder Gummistiefeln. Sie schwächt Tintenflecke auf Stoffen ab, sofern man schnell handelt: Man muss die Stelle mit dem Fleck in frische oder saure Milch tauchen und anschließend nachspülen. Mit heißer Milch kann man auch eine Vase oder einen Topf aus Terrakotta Wasser undurchlässig machen.

Für die Schönheitspflege dient frische Milch als Reinigungspräparat, das bei empfindlicher oder entzündeter Haut sehr sanft wirkt. Milchprodukte wie Crème fraîche oder Joghurt sind ebenso exzellente natürliche Pflegemittel für die Haut.

Natron

In der Küche kann Natron das Backpulver ersetzen; es kann das Wasser enthärten in dem das Gemüse gekocht wird (Kartoffeln, frische grüne Bohnen und Bohnenkerne, frische Erbsen, Trockenerbsen, Linsen, Kichererbsen …).

Im Haushalt genügt es, dem Natron einige Tropfen Essig oder Waschmittel hinzuzufügen, um es in ein hervorragendes Reinigungsmittel für Emailflächen und Plastik zu verwandeln. Es desinfiziert, beseitigt unangenehmen Geruch und reinigt den Innenraum des Kühlschranks. Wäscht man Wolle, so kann man 2 bis 3 Esslöffel voll ins letzte Spülwasser geben; die Wollsachen werden weich und sogar entfilzt.

In Sachen Schönheitspflege macht Natron die Zähne weiß, wenn man es auf eine feuchte Zahnbürste streut, und es enthärtet zu kalkhaltiges Badewasser.

Salz

Beim Kochen salzt man gelegentlich ein wenig zu viel. Versalzene Saucen, Ragouts oder Suppen können Sie dadurch retten, indem Sie eine rohe Kartoffel hineingeben, die das überschüssige Salz aufsaugt.
Eine Prise grobes Salz in einer Pfanne oder auf einem Rost vermeidet Fettspritzer. Eine Prise feines Salz macht geschlagenen Eischnee fest.

Im Haushalt dient feines Salz zum Reinigen von Kupfergegenständen und Marmor, in Verbindung mit Essig oder Zitronensaft. Es kann auch zum Reinigen der Bügeleisensohle dienen. Um ein beinahe ausgegangenes Kaminfeuer wieder zum Brennen zu bringen, genügt es grobes Salz hineinzustreuen.

Schlämmkreide

Dieses Produkt ist bei Drogisten erhältlich, die Wert auf Tradition legen. In Alkohol angerührt, wird dieses weiße Pulver zu einem mehr oder weniger flüssigen Brei, mit dem man seit jeher Tafelsilber, Metallbesteck und auch Spiegel zum Glänzen bringt.

Seife

Sie kann im Haushalt trocken verwendet werden, um den unlackierten Holzstiel eines Besens glatter zu machen; außerdem lässt sich eine widerspenstige Schublade wieder besser hin- und herschieben, wenn sie mit Trockenseife eingerieben wurde. In Flockenform oder in warmem Wasser aufgelöst ist Seife bestens geeignet, um empfindliche Textilien zu waschen. Schmierseife (in flüssiger Form beim Drogisten erhältlich) kann benutzt werden, um Mosaik- oder Steinfliesen zu reinigen.

Kernseife hat sich seit langem für Schönheitszwecke bewährt, allerdings nicht bei zu trockener und empfindlicher Haut. Orientalische Seifen, bei denen das Olivenöl durch Lorbeeröl ersetzt wird, können als Shampooersatz bei fettigem Haar benutzt werden; dabei sollte man allerdings nie vergessen, die Haare zuletzt mit Essig auszuspülen, um ihnen den Glanz zu verleihen, den die Seife ihnen tendenziell nimmt.

Talk

Wenn man ihn auf die Federn eines Sessels oder einer Matratze streut, kann dadurch das unangenehme Quietschen beseitigt werden.

In Sachen Schönheit und Gesundheit kann der Talkpuder ein Trockenshampoo ersetzen, wenn Sie gerade keines zur Hand haben. Trägt man ihn nach dem Waschen mit einer Puderquaste oder einem dicken Pinsel auf den Körper auf, so bleibt dieser frisch, selbst wenn es draußen heiß ist. Streut man ihn in die Schuhe, so hilft er Entzündungen zu vermeiden, die durch den Kontakt der nackten Haut mit dem Leder oder dem Stoff entstehen.

Und wenn Sie keinen Talk haben, dann vergessen Sie nicht, dass Maisstärke ihn hervorragend ersetzen kann, und dass selbige mit ein paar Tropfen Ihres bevorzugten ätherischen Öls (Rosenöl, Lavendel, Jasmin …) parfümiert werden kann.

Zitrone

Wenn Sie nur einige Tropfen benötigen, dann stechen Sie mit einem Zahnstocher ein kleines Loch in die Zitrone, drücken Sie die Frucht aus und stecken Sie anschließend den Zahnstocher, der so als Stöpsel dient, wieder hinein! Um ohne Zitronenpresse den gesamten Saft zu gewinnen, schneiden Sie die Zitrone in zwei Hälften, bohren Sie eine Gabel ins Fruchtfleisch und drehen Sie die Gabel kräftig hin und her. Benützen Sie nur eine halbe Zitrone, so können Sie die andere Hälfte auf einem Unterteller unter einem umgestülpten Glas aufbewahren.

Die Zitrone verleiht auch dem Wasser aus dem Wasserhahn Geschmack. Um die Fliegen zu verjagen schneidet man sie in zwei Hälften und spickt sie mit Gewürznelken. Auf dieselbe Weise kann man das Innere eines Schranks parfümieren. Zusammen mit feinem Salz ergibt die Zitrone ein leicht scheuerndes Mittel, das alle Emailflächen reinigt. Sie bringt kupfer- oder messinghaltige Metalle und Marmor zum Glänzen (unter der Bedingung, dass man ihn anschließend gründlich nachspült). Eine in zwei Hälften geteilte Zitrone reinigt gleichermaßen ein Spülbecken von Tee- oder Kaffeeflecken, und sie wird mit dem Kalk fertig, der auf den Wasserhähnen Ablagerungen von Kesselstein bildet.

Was die Schönheitspflege betrifft, so macht die Zitrone die Haut der Hände weich und die Fingernägel weiß. Ebenso kann sie die Zähne bleichen, doch darf man sie nicht zu oft benutzen, weil ihre Säure langfristig den Zahnschmelz angreifen kann.

Rezepte von A bis Z

Index

Danksagungen

Wir möchten besonders Hélène und Bruno Lafforgue vom »Mas de l'Ange« in Mollege, sowie Michèle Joubert vom Château de Giniac, Christine und Michel Guérard in Eugénie-les-Bains, Françoise und Pierre Gerin in Saint-Rémy-de-Provence und Madame und Monsiuer Bernard Lassus danken, die uns bei sich aufnahmen. Außerdem ein Dankeschön an jene, ohne deren Unterstützung und Rat dieses Buch nicht zustande gekommen wäre: Philippe Arnaud, Monique Herblot, Hélène Fournier-Guérin, Paul Jacquette, Muriel de Curel, Marie-Annick Louis et Maud de Rochefort: The Conran Shop; Blandine Le Roy, Christian Tortu und alle seine Angestellten, Habitat, Fragonard, Au Nom de La Rose, Tsé und Tsé & Co, Astier de Vilatte, La Puce à l'Oreille, Terre de Sienne, Liwan, Amin Kader.

Redaktion: Laurence Basser. Lektorat: Matthieu Biberon.
Gestaltung: Sabine Büchsenschütz.
Schutzumschlag: Michel Cortey.
Die Originalausgabe erschien unter dem Titel:
Les Secrets de Grand-Mère bei Éditions du Chêne.

Aus dem Französischen übersetzt von Irène Kuhn-Kreuzhage.
Lektorat: Monika Graff.
Satz und Layout: ES Typo-Graphic Ellen Steglich, Stuttgart.

Printed in France 2000

ISBN 3-7750-0342-8